JULES FINOT

ARCHIVISTE DU DÉPARTEMENT DU NORD

LA
PAIX D'ARRAS

(1414-1415)

NANCY

IMPRIMERIE BERGER-LEVRAULT ET Cⁱᵉ

18, RUE DES GLACIS

1906

JULES FINOT

ARCHIVISTE DU DÉPARTEMENT DU NORD

LA PAIX D'ARRAS

(1414-1415)

NANCY

IMPRIMERIE BERGER-LEVRAULT ET Cie

18, RUE DES GLACIS

1906

(Extrait des *Annales de l'Est et du Nord*, n°s 1 et 2, 1906)

LA

PAIX D'ARRAS[1]

(1414-1415)

Grâce à la savante étude biographique que lui a consacrée M. Félix de Coussemaker[2], le rôle important joué dans les négociations politiques et commerciales par Thierry Gherbode, à la fin du quatorzième et au commencement du quinzième siècle, a été mis complètement en lumière. Ce personnage a rempli sous les règnes des ducs de Bourgogne, comtes de Flandre, Philippe le Hardi et Jean sans Peur, les fonctions de secrétaire et de conseiller de leurs personnes et celles de premier garde des chartes de Flandre, dont, en 1399, il fit dresser le plus ancien inventaire qui nous soit parvenu[3].

1. Notre collaborateur, M. Paul Thomas, ancien étudiant de l'Université de Lille, aujourd'hui professeur d'histoire au lycée de Châteauroux, a étudié cette question dans un mémoire intitulé : *La campagne de 1414*, présenté en 1897 à la faculté des lettres pour le diplôme d'études supérieures. Il y signalait l'importance des pièces justificatives X et XIII, qu'il donnait également en appendice. Il arrivait d'ailleurs à des conclusions assez différentes de celles de M. Finot. Sur ce travail resté inédit et que M. Finot n'a pu utiliser, voir l'analyse de M. Petit-Dutaillis dans la *Revue internationale de l'enseignement*, t. XXXIV (1897), p. 227. (*Note de la Rédaction.*)

2. *Thierry Gherbode, secrétaire et conseiller des ducs de Bourgogne et comtes de Flandre Philippe le Hardi et Jean sans Peur, et premier garde des chartes de Flandre : Étude biographique*, par Félix de Coussemaker : Lille, impr. Victor Ducoulombier, 78, rue de l'Hôpital-Militaire. 1902.

3. Archives du Nord. Chambre des comptes, B, 113.

D'une activité infatigable et d'une habileté consommée, il prit part, de 1385 à 1420, à toutes les grandes affaires politiques de ces deux princes dans les Pays-Bas et ne contribua pas peu à l'affermissement et à l'extension de leur domination dans ces provinces. Il dirigea toutes les négociations poursuivies de 1387 à 1417, entre les commissaires flamands et les commissaires anglais, pour le renouvellement des trèves commerciales qui assuraient, entre les sujets du duc de Bourgogne et ceux du roi d'Angleterre, une neutralité très profitable aux marchands, aux marins et aux pêcheurs de leurs États, en leur permettant de se livrer à leurs occupations en toute sécurité, ou à peu près, tandis que des hostilités presque incessantes régnaient entre la France et la Grande-Bretagne. Les archives du Nord conservent la volumineuse correspondance de Thierry Gherbode au sujet des conférences qui eurent lieu alors dans ce but à Calais, Boulogne, Gravelines et Mardyck. Elle a été analysée avec précision, par M. de Coussemaker, et elle montre les efforts qu'il fit pour que la Flandre pût jouir d'un peu de tranquillité pendant ces temps troublés, afin que sa prospérité commerciale ne fût pas trop compromise.

Mais là ne se borna pas le rôle joué comme diplomate par Thierry Gherbode. On le voit, en effet, plus tard, assister le chancelier du duc de Bourgogne dans toutes les graves difficultés auxquelles donna lieu la rivalité des Bourguignons et des Armagnacs. Des documents inédits provenant des archives du Nord vont nous permettre de faire ressortir la grande part qu'il prit aux préliminaires et à la conclusion de la paix d'Arras, paix qui ne fut qu'une trève, si on veut, mais qui néanmoins donna quelque répit aux populations de la région du Nord, victimes du contre-coup de la longue guerre civile qui avait sévi à Paris et dans le centre du royaume.

Avant d'exposer les péripéties des négociations qui aboutirent aux préliminaires de paix, signés au camp devant

Arras, le 4 septembre 1414, et au traité définitif du 29 juin 1415, il nous paraît nécessaire de retracer à grands traits les événements qui avaient amené une nouvelle reprise des hostilités entre le roi Charles VI et son fils, le duc de Guyenne, d'une part, et le duc de Bourgogne, Jean sans Peur, de l'autre. Ils ont été longuement racontés par de Barante [1], Henri Martin [2] et, plus récemment, avec plus de précision, par M. Alfred Coville [3]. Comme nous n'avons pas rencontré, du moins pour la première partie de cette étude, de documents nouveaux pouvant compléter ou rectifier leur récit, nous donnerons le résumé de ces événements en les citant souvent presque textuellement.

I

Le traité signé à Auxerre le 22 août 1412, en mettant fin à la première partie de la lutte entre les Armagnacs et les Bourguignons, fut accueilli dans toute la France comme une délivrance. Mais la trêve qui suivit la mort du roi d'Angleterre Henri IV (20 mars 1413), trêve cependant fort mal respectée de part et d'autre, fut comme le signal de la reprise de la guerre civile. Déjà, pendant l'assemblée des états généraux (30 janvier-avril 1413), l'audace des partisans du duc de Bourgogne, de l'Université et des bourgeois de Paris, contre l'autorité royale, s'était donné libre carrière. D'un autre côté, le duc de Guyenne, dauphin de France, héritier de la couronne et en même temps gendre du duc de Bourgogne, dont il avait épousé la fille Marguerite, était revenu à Paris, où il ne tarda pas à s'entourer de personnages dévoués au parti d'Orléans : c'étaient le duc Louis de Bavière, frère de la reine Isabeau, et le comte de Vertus, un des fils

---

1. *Histoire des ducs de Bourgogne.* Tome II, **p.** 449 et suiv.
2. *Histoire de France.* Tome V, p. 535 et suiv.
3. *Les Cabochiens et l'Ordonnance de 1413.* Paris, 1888, in-8°, p. 395 et suiv.

du duc d'Orléans assassiné par Jean sans Peur. Sous leur influence, il devint rapidement Armagnac de cœur et d'âme. Ils lui persuadèrent qu'il avait l'âge et la raison nécessaires pour, étant donné l'état de démence du roi, secouer la tutelle du duc de Bourgogne et prendre en mains le gouvernement du royaume, que son beau-père avait exercé jusqu'alors.

Le duc Jean sans Peur s'aperçut bientôt qu'il perdait de jour en jour la confiance du duc de Guyenne, pendant que le comte d'Armagnac, contrairement aux stipulations du traité d'Auxerre, restait en armes et que le duc d'Orléans demeurait éloigné, se préparant probablement à une nouvelle lutte. Une animosité sourde régnait donc entre les princes et le duc de Bourgogne, resté l'homme des bouchers et de la basse démocratie parisienne. Un incident qui provoqua la destitution du prévôt de Paris, Pierre des Essarts, par le duc de Bourgogne, fit éclater l'orage menaçant. Pierre des Essarts avait été longtemps du parti bourguignon et l'idole du peuple de Paris. Mais, depuis le traité d'Auxerre, il avait manifesté des sentiments plutôt sympathiques aux Armagnacs. Aussi les services qu'il avait rendus à l'État et son amour du bien public avaient été complètement oubliés, et une véritable fureur s'était déchaînée contre lui, car il passait pour être l'âme du conseil qui dirigeait alors le duc de Guyenne. Une dernière aventure, raconte de Barante, acheva de le perdre. Un homme d'armes bourguignon était logé dans une auberge, rue de la Harpe. Son cheval étant mort, on le tira de l'écurie pendant la nuit pour le traîner à la porte du collège d'Harcourt (aujourd'hui lycée Saint-Louis), situé dans la même rue. Les écoliers, trouvant cette charogne le lendemain matin, se tinrent pour insultés et la traînèrent à leur tour devant l'auberge d'où elle avait été amenée. L'aubergiste était un des huissiers du Châtelet, grand protégé du prévôt de Paris. Il traita insolemment les écoliers. On s'échauffa et l'on en vint aux mains. Le sire des Essarts prit le parti de son huissier et envoya à son secours. Tous les écoliers de l'Université s'en mêlèrent; le trouble se mit dans la ville et dégénéra bientôt en une véritable émeute.

Le duc de Bourgogne saisit cette occasion pour destituer son ennemi, le sire des Essarts, de la charge de prévôt de Paris et en pourvut immédiatement un de ses fidèles et vaillants chevaliers, messire de Le Borgne de La Heuze.

Devant le péril qui le menaçait, des Essarts prit la fuite et se réfugia dans la forteresse de Cherbourg, dont il était gouverneur. Ces événements se passaient dans le courant du mois d'avril 1413. A partir de ce moment, les bouchers redevinrent les maîtres de la ville. Tout le monde trembla devant eux, à commencer par leur chef, le duc Jean sans Peur, malgré les admonestations de l'avocat général Jouvenel des Ursins, qui lui représentait qu'il n'était pas conforme à son honneur de se laisser gouverner par des bouchers, des écorcheurs de bêtes et tant de méchantes gens.

D'ailleurs, un nouvel événement vint bientôt ranimer et déchaîner dans toute son horreur la fureur des bouchers et de la populace. Le 28 avril, Pierre des Essarts, à la tête de quelques hommes d'armes, rentra dans Paris et s'empara de la bastille Saint-Antoine, en vertu des ordres du dauphin. Les chefs des bouchers, les deux frères Legoix, Denis de Chaumont, Caboche et Jean de Troyes soulevèrent aussitôt le peuple, à la tête duquel ils vinrent assiéger la Bastille, demandant qu'on leur livrât des Essarts. Celui-ci consentit à se rendre au duc de Bourgogne, sous la condition d'avoir la vie sauve. Mais, au mépris de cette condition, le duc lui fit trancher la tête.

Enhardis par ce succès, les bouchers placèrent le roi, la reine et le duc de Guyenne sous leur domination, ne leur ménageant ni les remontrances les plus grossières, ni les avanies les plus cruelles, en faisant arrêter non seulement leurs conseillers et leurs serviteurs, mais même les dames de la cour qu'ils soupçonnaient de sentiments hostiles à leur égard. Il nous est impossible et il est en dehors de notre sujet, d'ailleurs, de raconter ici toutes les scènes de tumulte et de désordre qui souillèrent et ensanglantèrent même l'hôtel Saint-Pol, résidence du roi et du dauphin, comme aux plus mauvais jours de la domination d'Étienne Marcel.

Cependant, ce fut au milieu de ce déchaînement des passions populaires que les légistes de la couronne rédigèrent la fameuse ordonnance de mai 1413, dite ordonnance cabochienne, pour la réforme des abus dans l'administration du royaume. Jean de Troyes, le seul personnage de la faction des bouchers qui eût quelque valeur politique, en demanda, au nom du peuple, le 23 mai 1413, la publication promise depuis trois mois. Elle fut promulguée le 25 mai au Parlement en séance royale : le roi, les ducs de Guyenne et de Bourgogne y assistaient, le chaperon blanc de la fédération gantoise sur la tête : « Il fut annoncé, dit Henri Martin, que ces nouvelles constitutions, puisées dans les nombreuses ordonnances royales publiées depuis un siècle et plus, seraient observées comme lois fondamentales du royaume. Le Parlement, comme corps d'État, s'était tenu à l'écart de la rédaction de cette ordonnance, mais deux de ses membres avaient figuré dans la commission de réforme, et l'on doit leur en attribuer la principale part. Les universitaires ne pouvaient avoir l'esprit pratique et le sens éminemment législatif qui brille dans ce vaste monument, qu'on ne croirait jamais rédigé au bruit de l'émeute et sous le *maillet* des assommeurs. »

C'est un admirable contraste qu'une telle œuvre avec une telle situation. Les signes de la fermentation publique n'apparaissent que dans les reproches adressés aux diverses classes de fonctionnaires et mêlés à la recherche sévère des garanties; mais, pour tout ce qui est dispositions législatives, les esprits les plus calmes et les plus sages n'eussent pu, dans les loisirs de l'ordre et de la paix, résumer, coordonner, compléter avec plus de raison et de sang-froid tout ce qu'avait dicté jusque-là d'utile et de sensé l'esprit légiste et parlementaire en fait de justice et d'administration. Il semble donc que les circonstances qui accompagnèrent la promulgation de la grande ordonnance de mai 1413 justifient, jusqu'à un certain point, la boutade de Gœthe, prétendant que les lois naissent dans les sociétés en décomposition, comme les miasmes s'exhalent des marais.

Cependant, les excès des cabochiens devaient fatalement avoir une fin et provoquer une réaction. Pendant que le duc de Bourgogne cherchait à modérer l'ardeur de ses amis, le duc de Guyenne et la cour entraient en correspondance avec le duc d'Orléans et le comte d'Armagnac, dans l'espoir qu'ils viendraient à leur secours pour les délivrer. Ceux-ci répondirent à cet appel, rassemblèrent leurs hommes les plus dévoués et se rapprochèrent de Paris. Les bouchers commencèrent à concevoir quelque inquiétude et les gens sages quelque espérance. Le peuple même paraissait las du train des choses. Il n'y avait plus de commerce, et les ouvriers, sans cesse occupés à faire le guet et la garde de la ville, ne pouvaient travailler. En même temps, on faisait habilement connaître et valoir la modération des demandes des princes, qui ne réclamaient que l'exécution de la paix d'Auxerre. Le conseil du roi trouva le moyen d'entrer en pourparlers avec eux. Malgré les intrigues du duc de Bourgogne et les nouvelles violences des cabochiens, à l'effet de les faire échouer, ces négociations aboutirent à la paix dite de Pontoise, publiée le 8 août 1413 et qui n'était qu'une confirmation de celle d'Auxerre.

« Cette paix, dit Henri Martin, ne fut que le triomphe d'une faction sur une autre : la bourgeoisie parisienne, encore sous l'impression de la tyrannie des bouchers, applaudit aux premiers coups de la réaction et vit avec joie remplacer tous les fonctionnaires du parti cabochien par les principaux acteurs des derniers événements. La populace se mit à piller les maisons des cabochiens fugitifs, comme elle pillait la veille les logis des Armagnacs, et battit des mains à la pendaison de quelques bouchers condamnés pour meurtre. Mais la réaction ne s'arrêta point là : les arrestations se multiplièrent de jour en jour; un grand nombre de bourgeois et plusieurs gentilshommes du duc de Bourgogne furent emprisonnés; beaucoup d'autres s'enfuirent, et le duc Jean, qui, après s'être laissé traîner à la remorque des bouchers, n'avait su ni les désavouer, ni les soutenir, commença à craindre pour sa sûreté personnelle. Il écrivit à sa femme en Bourgogne, pour qu'elle lui envoyât, près de Paris, quelques hommes d'armes afin d'assurer sa retraite. Déjà, le bruit qu'il avait été empoisonné s'était répandu partout et avait jeté la duchesse dans les plus vives inquiétudes. Enfin, le 23 août, sans rien dire aux gens de sa maison, il s'en alla au bois de Vincennes, où le roi, qui se trouvait alors dans une période de lucidité, était venu coucher la veille. Le duc persuada facilement à Charles VI de se rendre dans la forêt pour y chasser l'oiseau. Mais à Paris on se douta qu'il voulait enlever le roi. Le chancelier Jouvenel alla sur-le-champ trouver le duc de Bavière, frère de la reine. Avec une nombreuse compagnie de bourgeois armés et à cheval, ils coururent à Vincennes, après avoir eu soin de faire garder le pont de Charenton. Jouvenel, dès qu'il eut rencontré le roi, lui dit : « Sire, venez-vous-en à Paris, le temps est trop chaud pour être dehors. » Le roi parut être de cet avis et reprit son chemin vers la ville. Le duc de Bourgogne se fâcha et dit que le roi allait à la chasse. « Vous le mèneriez trop loin, repartit Jouvenel; vos gens sont en houzeaulx de voyage, et vous avez avec vous vos trompettes. » Alors le duc, voyant sa tentative d'enlèvement déjouée, prit en peu de mots congé du roi, lui dit que ses affaires l'appelaient en Flandre et partit au plus vite, traversant la forêt de Bondy. Le sire de Saint-Georges et Enguerrand de Bournonville l'accompagnaient avec un petit nombre de serviteurs. Il laissait les autres dans son hôtel d'Artois, en grand péril de ce qui leur pourrait arriver (1).

1. DE BARANTE, *loc. cit.*

Alors, la réaction triompha dans Paris, où les princes d'Orléans, le roi de Sicile, le duc de Bourbon et le comte d'Alençon rentrèrent le 30 août. Dans un lit de justice tenu le 3 septembre, la grande ordonnance pour la réforme du royaume, promulguée le 25 mai précédent, fut solennellement abrogée par le roi. Le sire d'Albret fut réintégré dans la charge de connétable et Clignet de Brabant recouvra l'amirauté. Bernard d'Armagnac était accouru du fond du Midi avec ses sicaires ; les *bandés* de 1411 étaient les maîtres dans Paris, et les jeunes enfants qui chantaient par les rues la chanson des Bourguignons : Duc du Bourgogne, Dieu te remaint (maintienne) en joie ! étaient « foulés dans la boue et vilainement navrés ». Le 18 septembre, tous les chefs et adhérents les plus notables du parti cabochien furent proscrits en masse ; la plupart avaient fui ; quelques-uns furent livrés au bourreau ; trois cents personnes furent bannies de Paris. Toutes les stipulations de la paix de Pontoise étaient donc ainsi violemment détruites ([1]).

Comme couronnement à toutes ces mesures excessives, un cruel outrage fut fait au duc de Bourgogne. Le roi de Sicile, Louis II d'Anjou, avait été longtemps un de ses partisans et lui avait demandé pour son fils aîné, le comte de Guise, la main de sa fille Catherine de Bourgogne, encore enfant. Le mariage avait été célébré à Gien, en 1410, mais non consommé à cause du jeune âge des époux. Cependant, Catherine avait été conduite solennellement à Angers, chez la reine de Sicile, sa belle-mère, où elle était demeurée depuis lors. Louis II, pour se rallier définitivement aux princes d'Orléans, la renvoya presque ignominieusement à son père. Par un mandement, daté de Lille le 29 octobre 1413, le duc de Bourgogne conféra à Pierre de la Trémoille, son chambellan, et à Thierry Gherbode, son conseiller, la mission d'aller recevoir à Beauvais « nostre fille Catherine que très

---

1. Henri MARTIN, *loc. cit.*

hault et puissant prince, le roi de Sizile, duc d'Anjou, nostre très chier seigneur et cousin at délibéré, si comme il nous a fait savoir, de envoïer et faire délivrer prochainement en la ville de Biauvais », et de recevoir aussi « pour nous et en nostre nom, par bon inventoire, tous les joieaulx, vaisselle, tapisserie, abis, monnoies, or, argent et autres meubles et biens quelxconques que l'on baillera et voldra baillier et rendre avec nostre dicte fille » ([1]).

Dès ce moment, le duc de Bourgogne fit des préparatifs militaires en Artois et en Flandre, attendant une occasion propice pour entrer en campagne et reprendre l'influence prépondérante qu'il exerçait sur les affaires publiques avant les derniers événements. Elle devait se présenter bientôt, par suite de la versatilité de son gendre, le duc de Guyenne. Ce jeune homme, affaibli par la débauche, fut bien vite fatigué de la domination que faisaient peser sur lui, depuis le départ du duc de Bourgogne, les d'Orléans et la reine, sa mère. Il se tourna alors vers son beau-père et l'invita à venir le délivrer. Jean sans Peur s'empressa de quitter Lille (23 janvier 1414), d'entrer en Picardie, après avoir mandé aux bonnes villes du royaume qu'il n'avait pris les armes que pour enlever son gendre, le duc de Guyenne, des mains des Armagnacs. Il marcha rapidement sur Paris et, après s'être emparé de Péronne et de Senlis qui firent une faible résistance, de Soissons et de Compiègne qui ouvrirent leurs portes sans coup férir, il arriva à Saint-Denis avec environ deux mille cavaliers et autant de gens de pied et d'arbalétriers. Mais, pendant sa marche, les princes avaient repris leur domination sur l'esprit du duc de Guyenne et emprisonné les quelques serviteurs et conseillers du parti bourguignon qui étaient restés auprès de lui. Le duc se prêta facilement à désavouer les lettres par lesquelles il avait demandé à son

1. Archives du Nord. Chambre des comptes de Lille. Trésor des chartes. Nouveau B, 423. Ce document a été publié par M. A. COVILLE. *Les Cabochiens et l'Ordonnance de 1413*. Pièces justificatives, n° VI, sous l'ancienne cote. B, 1413.

beau-père de venir à son secours. En même temps, de sages mesures de défense avaient été prises par le comte d'Armagnac pour mettre Paris à l'abri d'un coup de main. Aussi, après trois tentatives infructueuses, le duc de Bourgogne dut renoncer à pouvoir même entrer en pourparlers avec son gendre, complètement rentré dans le parti d'Orléans. Jean sans Peur fut donc contraint de reprendre la route d'Arras, en jetant des garnisons dans Compiègne, dans Soissons et dans quelques autres places de l'Ile-de-France et de la Picardie. Ce fut alors aussi que, rentré dans ses États, il renforça les garnisons des principales villes de l'Artois et de la Flandre wallonne.

D'après les extraits du sixième compte de Pierre Macé, receveur général de toutes les finances du duc, commencé le 19 mars 1414 (n. st.) et fini le 18 avril 1415, voici quel fut l'état de ces garnisons pendant le cours de l'année 1414 (1).

Garnison de Douai et de Tournai :

Messire Louis de Chalon, avec 254 payes en sa compagnie ;
Guy de Pontaillier, avec 110 payes ;
Gauthier de Ruppes, avec 189 payes ;
Mgr de Chateauvilain, avec 192 payes ;
Mgr d'Autrey, avec 193 payes ;
Mgr Antoine de Vergy, avec 195 payes ;
Mgr de Chastelus, avec 311 payes ;
Clarin du Clou, avec 81 payes.

Garnison d'Arras pendant le siège de 1414 :

Mgr Jean de Luxembourg, avec 332 payes ;
Mgr de Ronck et Mgr de Beaufort, avec 43 payes ;
Mgr de Noyelles, avec 69 payes ;
Jean de Norren (Noironte ?), avec 160 payes ;
Mgr de Champdivers, avec 180 payes ;
Mgr de Montaigu, avec 243 payes ;
Guillaume de Grandson, avec 120 payes ;
300 hommes de pied.

1. Bibliothèque nationale, collection de Bourgogne. Tome 65, f° 114.

Anglais en garnison à Arras pendant le siège [1] :

Messire Hélye Livet, chevalier, avec ses chevaliers, écuyers et archers ;
Richard Daimay, avec ses troupes ;
Jean Desdolles, idem ;
Pierre Woleford, idem ;
Blacon Radolf, idem ;
Guillaume Bille, Écossais, idem ;
Nicolas Pommelet, avec 21 payes.

Garnison de Compiègne :

Édouard Dupuis, écuyer anglais ;
Un autre écuyer et 38 archers ;
Pierre Flabault, écuyer anglais, capitaine d'archers ;
Jean Rozi, écuyer anglais, capitaine d'archers.

Garnison de Bapaume :

Ferry de Hangest, écuyer, chambellan du duc, avec sa compagnie de 28 payes.
Adam Daneus, lieutenant du capitaine, avec 6 arbalétriers ;
Messire Jean de Moreuil, chevalier, avec sa compagnie ;
Amondafonse, Jean Peyrès et Romandès, écuyers portugais ;
Jean, seigneur de Jeumont, chevalier, avec 139 payes ;
Henry d'Achilley, chevalier, avec 49 payes ;
Messire Martelot du Mesnil, chevalier bachelier, avec un autre chevalier bachelier, 24 écuyers, 40 archers, 8 arbalétriers ;
Messire Jean, seigneur de Saint-Léger, avec deux chevaliers bacheliers, 44 écuyers, 61 archers, 25 arbalétriers, 2 canonniers.
Messire Girard, seigneur de Thi (?) [Thil-le-Châtel en Bourgogne, Côte-d'Or ?], avec 60 payes ;
Jean, seigneur de Fosseux, avec 295 payes ;
Jean, seigneur de Croy, avec 573 payes ;
Hector de Saveuse, chevalier, avec 126 payes ;
Guigues, seigneur de Salnove, avec 100 payes ;
Messire Antoine de Craon, avec 100 hommes d'armes ;
Messire Louis de Ghistelles, chevalier ;
Pierre de la Chambre, écuyer de Savoie ;
Mgr de Pesmes, chevalier ;
Pierre de Luxembourg, chevalier, seigneur de Forest.

---

1. Ceci démontre que bien avant le traité de Troyes et l'alliance officielle du duc de Bourgogne avec le roi d'Angleterre, le duc avait à son service des capitaines anglais dans sa lutte contre les Armagnacs et le roi de France.

II

La retraite du duc de Bourgogne engagea les Armagnacs à prendre l'offensive. Ils se hâtèrent de rassembler leurs troupes autour de Paris. Cette armée féodale allait à son tour conduire le roi et le duc de Guyenne à la guerre contre Jean sans Peur, comme celui-ci les avait conduits auparavant contre les Armagnacs, et Charles VI porta sur ses armes la bande blanche du comte d'Armagnac, ainsi qu'il avait porté naguère la croix de Saint-André de Bourgogne. Laissant le gouvernement de la capitale au duc de Berri et au roi de Sicile, le versatile souverain alla prendre l'oriflamme à Saint-Denis et s'avança en Picardie à la tête d'une armée de 80 000 hommes qui se trouva réunie à Senlis et aux environs, au milieu du mois d'avril 1414. Elle s'empara rapidement de Compiègne et de Soissons. Cette dernière ville fit cependant une héroïque résistance et elle ne fut prise qu'après un violent assaut. Sa malheureuse population fut livrée à toute la furie de la soldatesque Armagnac. Cette catastrophe (21 mai 1414) porta l'épouvante parmi les vassaux et les amis du duc de Bourgogne. Toute la Picardie se soumit, et Philippe, comte de Nevers et de Rethel, le plus jeune frère de Jean sans Peur, vint lui-même à Laon rendre hommage au roi. En même temps, les communes flamandes envoyaient à celui-ci des députés pour l'assurer de leur obéissance et lui annoncer qu'elles allaient s'efforcer d'amener le duc de Bourgogne à se ranger sous l'autorité royale.

Jean sans Peur, soutenu par sa noblesse bourguignonne et artésienne, se mit en devoir de défendre les places de l'Artois, tout en essayant cependant d'entamer des négociations. Mais ses premières ouvertures de paix furent repoussées, et, tandis que le roi retombait en démence, son armée, commandée nominalement par le duc de Guyenne et effectivement par le comte d'Armagnac, alla s'emparer de Bapaume et investir Arras. Ainsi que nous l'avons vu plus haut, des forces considérables avaient été concentrées dans cette ville, dont la population était, en outre, animée de sentiments bourguignons et résolue à faire une énergique résistance.

L'armée royale fut donc contrainte d'investir Arras et de s'apprêter à en faire un siège régulier, qui se présentait comme devant être long et difficile. Cette perspective amena un certain découragement parmi les assiégeants, qui comptaient sans doute emporter rapidement cette place, comme ils l'avaient fait de Compiègne et de Bapaume. Une partie des troupes, les Normands surtout, demandaient à retourner dans leur pays. Les Bourguignons profitèrent de ces circonstances pour renouer des intelligences dans l'entourage du duc de Guyenne. « Le siège d'Arras, dit Henri Martin, se termina tout à fait comme celui de Bourges ; les maladies se déclarèrent dans l'armée assiégeante ; le duc de Guyenne se lassa de la guerre et échappa aux Armagnacs comme il avait échappé naguère aux Bourguignons ; encouragé par le comte d'Alençon et par ceux des membres du conseil que n'animait point une haine implacable contre Jean sans Peur, il accueillit l'intervention du duc de Brabant, de la comtesse de Hainaut et des députés des trois états de Flandre ; bref, au grand courroux des d'Orléans et de leurs amis, on en vint à *paix et accord,* sans que le duc Jean perdît aucune partie de ses seigneuries, ni se soumît à aucune *amendise* humiliante, si ce n'est de prier le roi et le duc de Guyenne de lui pardonner toutes choses où il avait pu encourir leur déplaisir depuis la paix faite à Pontoise. »

Les plénipotentiaires du duc de Bourgogne remirent les clefs d'Arras aux officiers du roi et du duc de Guyenne, et promirent que Jean sans Peur recevrait les baillis et capitaines désignés par le roi en ses bonnes villes et forteresses, qu'il éloignerait de ses pays *aucunes personnes étant en l'in-*

dignation du roi et de son fils et ne reviendrait point à Paris sans y avoir été mandé. Il fut promis en retour au duc qu'on annulerait les lettres et édits royaux dans lesquels son honneur avait été attaqué.

Ce ne fut pas sans peine que les ducs d'Orléans et de Bourbon et le vindicatif Montaigu, archevêque de Sens, se décidèrent à jurer ce traité ou plutôt les préliminaires de la paix d'Arras, dont l'instrument définitif ne devait être adopté et ratifié que six mois plus tard. Ils obéirent enfin, en murmurant, aux ordres exprès du duc de Guyenne, et la paix fut publiée, avec injonction aux deux partis, *sur très graves peines,* d'avoir à quitter les bandes blanches et les *croix Saint-Andriers,* insignes de haine et de désordre [1].

Ce fut le 4 septembre 1414, vers les 9 heures du soir, que furent signés les préliminaires de cette paix d'Arras qui est comme une dernière lueur entre un long et lugubre crépuscule et cette nuit d'horreur et de chaos où va s'abîmer la France [2].

Dans cette même nuit, du 4 au 5 septembre 1414, Thierry Gherbode, conseiller et secrétaire du duc Jean sans Peur, qui avait assisté, avec le chancelier de Bourgogne, l'évêque d'Arras, Martin Porée, à la signature de la paix et à sa publication sommaire immédiate, rendit compte à son maître de cet événement dans une lettre dont nous avons eu la bonne fortune de retrouver la minute écrite de sa main, dans un carton de la chambre des comptes de Lille, aux archives du Nord [3]. Avant de la publier *in extenso,* qu'il nous soit permis d'abord d'en donner un résumé.

Après s'être recommandé très humblement à son très redouté seigneur, Thierry Gherbode lui mande qu'il lui plaise

---

1. Voir pour les pourparlers qui ont eu lieu pendant le siège d'Arras : Alfred COVILLE, *Les Cabochiens et l'Ordonnance de 1413.* Pièces justificatives. N° 48, extrait de la chronique d'Alençon de Perceval de Cagny, écuyer d'écurie du duc d'Alençon.

2. Henri MARTIN, *loc. cit.*

3. Archives du Nord. Trésor des chartes. Supplément, nouveau, B, 311. Pièce justificative, n° II.

savoir qu'aujourd'hui, environ 9 heures de la nuit, la paix fut faite et proclamée publiquement de par le roi, par la bouche de Mgr le chancelier de France (¹), en présence du duc de Guyenne, d'une manière très honorable pour le duc de Bourgogne, ainsi qu'il le lui fera connaître dès qu'il sera de retour auprès de lui. Ladite paix fut jurée premièrement par le duc de Brabant (²), par la comtesse de Hainaut (³), ses frère et sœur, et par lui Thierry Gherbode, au nom du duc de Bourgogne, avec promesse de la maintenir sans aucune infraction. Le duc de Guyenne fit faire les mêmes serment et promesse au duc d'Orléans (⁴), au comte d'Alençon (⁵), au comte de Richemont (⁶), au comte de la Marche (⁷), aux comtes de Vendôme (⁸), de Marle (⁹) et de Roucy (¹⁰), à Mgrs les chanceliers de France et de Guyenne (¹¹), à l'archevêque de Sens (¹²), à l'évêque de Laon (¹³) et à plusieurs autres grands seigneurs, barons, chevaliers, écuyers et autres, assistant à ladite proclamation, en grand nombre, tous criant à haute voix : Noël ! et manifestant une grande joie. Mgr le duc de Guyenne promit de maintenir cette paix, de la faire maintenir et jurer par tous les princes du sang se trouvant dans les pays de Pardeça, mais n'assistant pas à

<hr>

1. Henri de Marle, président du parlement.

2. Antoine de Bourgogne, second fils de Philippe le Hardi et de Marguerite de Flandre, frère du duc Jean sans Peur ; tué à Azincourt, le 25 octobre 1415.

3. Marguerite de Bourgogne, fille des mêmes. sœur du duc Jean sans Peur, femme de Guillaume IV, comte de Hainaut et de Hollande.

4. Charles, fils de Louis, duc d'Orléans, assassiné par les émissaires de Jean sans Peur ; Charles d'Orléans, fait prisonnier l'année suivante à Azincourt, ne rentra en France qu'après une captivité de dix-huit ans.

5. Jean IV, dont le comté fut érigé en duché-pairie par lettres patentes du roi Charles VI en date du 1er janvier 1415.

6. Arthus de Bretagne, comte de Richemont, fait prisonnier à Azincourt l'année suivante.

7. Jacques II de Bourbon, comte de la Marche.

8. Louis de Bourbon, comte de Vendôme.

9. Robert de Bar, comte de Marle et de Soissons, père de Jeanne de Bar, comtesse de Marle et de Soissons, femme de Louis de Luxembourg, comtesse de Saint-Pol.

10. Jean VI, comte de Roucy, tué l'année suivante à la bataille d'Azincourt.

11. Jouvenel des Ursins.

12. Jean de Montaigu, tué l'année suivante à la bataille d'Azincourt.

13. Jean de Roucy, oncle du comte Jean VI.

ladite proclamation, et cela avant son départ desdits pays, et aussitôt après son arrivée à Paris, par les autres princes; le tout pour la sûreté de ladite paix. Toutes ces choses faites, le duc de Guyenne ordonna que chacun eût à ôter sa bande, du côté des Armagnacs, ou son sautoir (croix de Saint-André) du côté des Bourguignons. Il fit défense, sous peine de la hart, qu'aucune parole injurieuse ne fût échangée entre les deux partis, comme les épithètes de Bourguignons et d'Armagnacs, qu'on ne chantât chansons ni autres quelconques couplets satiriques, qu'on n'exerçât aucune prise l'un sur l'autre, qu'on ne se livrât à aucun fait de guerre, enfin, recommandant, au contraire, que tous fussent bons amis. Immédiatement après, tous les assistants prirent congé du duc de Guyenne qui nous commanda de vous écrire pour que vous ayez à faire cesser tout fait de guerre au dehors de vos forteresses. Vers minuit, nous allâmes en la compagnie de vos frère et sœur, le duc de Brabant et la comtesse de Hainaut, à l'une des portes d'Arras, du côté de la partie de la ville appelée la Cité, afin de notifier ladite paix aux habitants et de les empêcher ainsi de faire inopportunément aucun acte qui pût lui être contraire; leur ordonnant, en outre, en signe de réjouissance et pour annoncer l'heureux événement au peuple, de faire sonner les cloches en ladite ville, ainsi qu'il avait été ordonné par le duc de Guyenne et par les gens de son conseil. Demain, on portera au roi les clefs de la ville, dont les portes seront ouvertes avec les formalités prescrites par ladite paix. Quant au surplus des conditions dans lesquelles elle a été faite, nous vous le férons connaître dès que nous le pourrons. Nous pensons bien qu'il vous aura été écrit à ce sujet par messeigneurs vos frère et sœur. Nous ne saurions vous en écrire plus longuement en ce moment, si ce n'est qu'il nous semblerait convenable et opportun qu'il vous plût d'adresser à Mgr de Guyenne des lettres gracieuses de remerciements, en la meilleure forme qu'il vous sera possible, car nous avons pu apprécier que dans toute cette affaire, il s'était montré votre bon et véritable ami et fils (¹).

Ce fut le lendemain que le duc de Brabant et la comtesse de Hainaut, comme mandataires du duc de Bourgogne, vinrent par-devant le roi, en présence du duc de Guyenne, et lui demandèrent pardon, au nom de leur frère, de ce qui s'était passé, lui remirent les clefs de la ville d'Arras, promirent de lui rendre la ville du Crotoy dans le Ponthieu et d'éloigner de sa personne les ennemis du roi de France et du duc de Guyenne, prenant l'engagement de répudier toute alliance anglaise et d'observer le traité de Pontoise.

III

Cette paix d'Arras fut l'œuvre du duc de Brabant et de la comtesse de Hainaut, assistés de Thierry Gherbode. Le duc Jean sans Peur leur avait donné des instructions détaillées dont les minutes sont conservées aux archives du Nord (²). Elles ont pour titre : « Ce sont les choses que veult faire et accomplir Mgr le duc de Bourgoingne pour venir et demourer en la bonne grâce du Roy, son souverain seigneur », complétées par d'autres, intitulées : « Au cas qu'il plaira au Roy estre content des offres de Mgr de Bourgoigne et condescendre à sesdictes supplications, Mgr de Brabant et Mme de Haynau lui supplieront qu'il veuille pourveoir à mondit seigneur sur les poins et articles qui s'ensuivent, car il ne deveroit pas vouloir que il demourast foullé de son honneur, ne ses gens destruiz et dehaciez. » Ces documents ne sont pas datés, mais comme il appert de leur texte qu'ils

1. Le duc de Guyenne avait épousé Marguerite de Bourgogne, fille du duc Jean sans Peur.

2. Archives du Nord. Chambre des comptes de Lille. Art. B. 311, n° 15 270 du trésor des chartes. Pièce justificative n° 1. A ces deux instructions est jointe une troisième intitulée « Advis » qui ne paraît se rapporter qu'indirectement aux négociations de la paix d'Arras, mais que nous croyons néanmoins devoir publier, à cause de l'intérêt qu'elle présente. Cet *advis* semble avoir été rédigé par un des conseillers du parti Armagnac.

sont antérieurs à la reddition de Bapaume, on peut les rapporter au mois de juin 1414. Le premier débute ainsi : « Pour ce que le duc de Bourgogne a senti que le roi, son souverain seigneur, était aucunement indigné contre lui, dont il est tout dolent et courroucé que plus ne pourrait être, il suppliera le roi en toute humilité qu'il lui plaise, de sa grâce, ôter de son cœur toute l'indignation qu'il pourrait avoir conçue à son encontre, et le recevoir en ses bonnes grâces et amour, car il ne pensa jamais faire chose qui dût lui déplaire, mais en tout temps a été, est et sera, tant qu'il vivra, prêt et *appareillé* d'employer à son service son corps, ses parents, amis, sujets, serviteurs et *bienvueillans* et toute sa puissance comme son très humble parent et son bon et loyal vassal, sujet et serviteur. Comme le duc a appris que le roi, qui présentement est en armes, veut obtenir obéissance de lui et de ses pays, désirant de tout son cœur sauvegarder l'honneur du roi et voulant le servir, lui obéir et faire sa volonté de tout son pouvoir, il offre au roi, en toute révérence, les choses suivantes : de lui porter et lui présenter les clés de la ville de Bapaume et, s'il lui plaît d'envoyer dans ladite ville et en ses autres places et forteresses, ouverture des portes leur sera faite au nom du roi et ils y seront reçus en *bonne obéissance.* Il supplie le roi, pour *abrègement* de cette matière et pour aplanir toutes difficultés qui pourraient survenir, qu'il lui plaise que ces choses fussent traitées par le duc de Brabant, son frère, *fondé sur ce,* de bonne et suffisante procuration. »

Ces premières instructions ne sont relatives qu'aux propositions faites par le duc pour rentrer en grâce auprès du roi. C'est en quelque sorte le prélude des négociations. Dans les secondes, apparaissent les réclamations que Jean sans Peur charge le duc de Brabant et la comtesse de Hainaut de présenter au roi. En voici les principaux points : comme le duc de Bourgogne a été, par des lettres envoyées dans tout le royaume et ailleurs, et par d'autres manières, tant en prédications comme autrement, *moult foullé, injurié et villené,* ainsi que chacun le sait, ils demanderont qu'il plaise au roi qu'*il soit réparé en son honneur, en baillant sur ce lettres patentes en grant nombre par la meilleure fourme et manière que faire se pourra au relièvement de son honneur et pour envoyer partout où bon lui semblera;* sur ce que plusieurs des vassaux, sujets, serviteurs, alliés et adhérents du duc ont été et sont *grandement grevés et adomagiés de leurs seigneuries, terres et biens qui ont été et sont encore pris et occupés, et les aucuns donnés et transportés à d'autres personnes, ils supplieront que, sur ce, soit ordonné tellement que chacun obtienne la restitution de son bien et que sur ce soient faites bonnes lettres comme dessus;* sur ce que plusieurs notables gens et bons serviteurs du roi et de Mgr le duc et plusieurs habitants des bonnes villes et autres ont été bannis et *boutés hors de leurs lieux au contempt* (mépris) *du duc et pour lui faire déplaisir,* ils supplieront que ces bannissements soient annulés et considérés comme non avenus, de manière que chacun puisse rentrer dans sa résidence et jouir de ses biens; comme plusieurs partisans du duc pourraient être au temps à venir poursuivis et *travaillés* sous ombre de justice ou autrement, pour avoir servi ou favorisé le duc ou pour avoir fait prises, guerre ou entreprises en sa faveur, ou encore avoir occupé des forteresses en son nom, ils supplieront que, sur ce, soit pourvu par bonnes lettres si bien que toutes ces choses soient abolies et que chacun en demeure quitte et paisible à toujours; sur ce que plusieurs personnes ont été *déboutées* et *despointiées* de leurs offices, en haine du duc, et qu'à l'occasion de ces offices, il pourrait à l'avenir *sourdre* et survenir plusieurs grands débats et divisions, ils supplieront aussi que, sur ce, soit pourvu convenablement et par bonnes lettres, en remettant les *déboutés* et *despointiés* en leurs offices ou au moins en remettant lesdits offices en la main du roi, pour en ordonner par bonne forme et manière au bien du roi et de son royaume; sur ce que plusieurs et étranges imaginations pourraient survenir si aucuns des seigneurs du sang du roi demeuraient auprès de lui, tandis que les autres en seraient éloignés et *reculés,* ils supplieront que, sur ce, il soit convenablement pourvu au bien du roi et de la paix de son royaume, ce qui pourrait être obtenu en déclarant que chacun demeurerait en ses pays et terres au moins jusqu'au moment où tout serait apaisé.

Il semble que, lors de la signature de la paix d'Arras, le 4 septembre 1414, toutes les demandes du duc de Bourgogne que nous venons d'exposer aient été réservées pour être examinées plus tard. Il fut décidé seulement que le duc rentrerait en grâce auprès du roi et que les hostilités cesseraient de part et d'autre. En somme, le traité définitif restait à conclure.

Dès la fin de septembre, les gens du conseil du duc de Brabant, de la comtesse de Hainaut et des députés des trois états de Flandre présentèrent au duc de Guyenne, en la ville de Senlis, une requête demandant une *abolicion* générale, c'est-à-dire une amnistie pour tous les partisans du duc de Bourgogne ainsi que la fixation d'une prochaine journée en un lieu convenable, hors de Paris, pour arrêter définitivement les termes des lettres du traité de paix et les garanties qu'elles devaient proclamer.

Le 8 octobre 1414, le duc de Guyenne, alors à Saint-Denis, leur fit répondre par la *bouche* du chancelier de France, en présence des ducs d'Orléans, de Bourbon et de Bar, des comtes de Richemont, de Vertus, d'Eu et de Vendôme, des chanceliers de Guyenne et d'Orléans, des archevêques de Sens et de Bourges, des évêques de Chartres, de Laon et de Carcassonne, du maître des arbalétriers, des seigneurs de Torcy, de Boissay, de Bacqueville, de Colleville, de Mouy et de Lonroy, de messire Regnaud d'Angesnes et de plusieurs autres membres du conseil du roi, qu'ils n'avaient pas les pouvoirs du duc de Bourgogne nécessaires pour traiter et conclure en cette *besoigne*, et qu'ils eussent à se représenter, munis des pouvoirs du duc, avant la fête de la Toussaint prochaine, à Senlis. Là, on leur ferait connaître les jour et ville où les négociations pour la paix définitive devraient avoir lieu. C'est aussi à ce moment qu'il serait décidé au sujet de l'abolition générale ou amnistie (¹).

Pendant que ses envoyés étaient ainsi éconduits par le duc de Guyenne, sous prétexte qu'ils n'étaient pas munis de pouvoirs suffisants pour traiter utilement, le duc de Bourgogne protestait, à Cambrai, le 9 octobre 1414, contre les accusations d'hérésie et de sentiments contraires à la foi chrétienne qui avaient été formulées contre lui à Paris. Cette protestation fut présentée par Pierre Cauchon, le futur évêque de Beauvais, le persécuteur de Jeanne d'Arc, alors vice-doyen du chapitre cathédral de Reims, et reçue par l'official de Cambrai, assisté des notaires et des témoins requis. Elle est ainsi formulée : Jean, duc de Bourgogne, comte de Flandre, d'Artois et de Bourgogne, Palatin, sire de Salins et de Malines, issu du très noble et très chrétien sang de France, en suivant les très saintes et très catholiques *sentes* et voies de ses prédécesseurs, connaît et confesse la sainte foi catholique être vraie et sainte et que hors d'elle aucune créature ne peut être en voie de *salvation*, et en ces propos, croyance et volonté a toujours été, est et sera, et a, sur ce, fait autrefois certaines protestations dont il ne se départit point. De même, il proteste qu'en et sous cette foi catholique il veut vivre et mourir et la garder et soutenir, faire tenir et garder par tous ses sujets et veut y contribuer de tout son pouvoir. De même, il proteste que si, par lui ou par quelque autre personne, en sa présence ou en son absence, a été, en sa faveur, dite et proposée ou ont été dites et proposées aucunes assertions, propositions ou conclusions dérogeant à la sainte foi catholique ou mal sonnantes

1. Pièce justificative, n° III.

contre elle ou contre bonne et sainte doctrine, son intention n'est pas et ne fut jamais d'y adhérer, au préjudice de la sainte foi catholique ou de la bonne et sainte doctrine. Et, comme il a dernièrement appris que l'évêque de Paris, l'inquisiteur de la foi, maître Jean Gerson (*Jehan de Jarson*) et plusieurs autres, leurs complices, se sont efforcés et s'efforcent de publier *plusieurs parolles sonnans en dénigration de sa personne et de sa bonne fame et renommée,* insinuant qu'il ne veut pas garder la sainte foi catholique, et ont fait ou fait faire plusieurs *congrégations, assemblées* et *prédications* en la ville de Paris, de laquelle l'on a chassé (*débouté*) ceux qui auraient pu et voulu soutenir et défendre sa bonne renommée, il, afin de montrer et faire *apparoir* que c'est à tort et sans motif qu'ils se sont efforcés, contre toute raison, de le diffamer, *blesser* et dénigrer sa bonne renommée, se soumet lui et ses adhérents, en ce cas, et ceux qui voudront adhérer à lui, à l'ordonnance du Saint-Siège de Rome et du Très Saint Père Jean XXIII, pape universel de la sainte Église, ou au concile général de la sainte Église; il offre de comparaître en droit (*ester à droit*) dans le cas où aucuns voudraient aucune chose dire, proposer ou alléguer contre lui sur le fait de la sainte foi ou de la bonne et sainte doctrine.

Le duc de Bourgogne en personne demanda acte de cette protestation à l'official de Cambrai, qui en dressa un instrument authentique dans le chœur de l'église de Cambrai, après la célébration de la grand'messe, le 9 octobre 1414, indiction huitième, l'an cinquième du pontificat du pape Jean XXIII, en présence des nobles, vénérables et circonspectes personnes, Jean de Neufchâtel, seigneur de Montaigu, Guillaume de Granson, seigneur de Pesmes, Gaucher de Ruppes, seigneur de Soyes et de Trichâtel, de Guillaume de Champdivers, de Pierre de Viesville, de Hugues de Lannoy, gouverneur de Lille, de Guillaume Bonnier, gouverneur d'Arras et de Mgr Bosquet du Bos, chevaliers, et encore d'Eustache de Latre, dernièrement chancelier de France, de Jean Raulin, procureur du duc de Bourgogne en cour de Rome, de Jacques de Metz-Guichard (*de Manso Guichardo*), doyen, de Renier Lamelin, Jean Hubert, Jean Ransardet, naguère aumônier du duc de Bourgogne, chanoines, d'Élie du Costiel et Baudoin Quarelly, chapelains de l'église de Cambrai, et de plusieurs autres témoins à cela spécialement appelés et requis. Ce qui fut encore attesté par Arnould de Roist, clerc originaire de Malines, diocèse de Cambrai, notaire et auditeur juré de la vénérable cour de Cambrai, en vertu des autorités apostolique et impériale; par Thomas de Galeis, aussi notaire apostolique et impérial, Pierre de Croizilles, *alias* Hordit, *idem,* et Lievin de Noyelles, clerc du diocèse de Tournai, aussi tabellion impérial, notaire et auditeur juré en la cour de Cambrai ([1]).

Peu de jours après cette protestation, Jean sans Peur recevait ses envoyés retour de Saint-Denis et, par des lettres datées du Quesnoy-le-Comte le 16 octobre 1414, il se hâtait d'accréditer, en leur conférant ses pleins pouvoirs, auprès du roi, ses ambassadeurs pour traiter avec le duc de Guyenne et parfaire la paix arrêtée précédemment à Arras. Il confia cette mission au duc de Brabant et à la comtesse de Hainaut, ses frère et sœur, à Jean de Thoisy, évêque de Tournai, qu'il allait nommer bientôt son chancelier, aux sires de la Viesville, de Roncq et de Bonnières, à Thierry Gherbode et aux députés des trois états de Flandre. Plus tard, Henry Godalz, doyen de Liège, semble avoir été adjoint à ces envoyés ([2]). Dans le préambule de ses lettres, le duc déclare que « comme naguères Mgr le roy estant à siège de-

---

1. Archives du Nord. Chambre des comptes de Lille. Nouveau B, 311. N° 12 270 du trésor des chartes; original en parchemin, scellé du sceau incomplet, en cire verte, du chapitre cathédral de Cambrai et d'un cachet aussi de cire verte pendant à une double queue de parchemin et portant les signatures et signets des quatre notaires. Pièce justificative n° IV.

2. Extrait du compte de Pierre Macé, receveur général de toutes les finances du duc. Bibliothèque nationale. Manuscrits, collection de Bourgogne. Tome 65, f° 113, recto.

vant nostre ville d'Arras, certain traittié pour nous estre et demourer en la bonne grâce et amour de mondit seigneur le roy, et par l'ordonnance de mon très redoubté seigneur et filz, Mgr de Guienne, avec nos très chers et très amez frère et suer le duc de Brabant et la duchesse de Bavière, comtesse de Hainaut, et les députés de par les trois estats de nostre pays de Flandres, ayans sur ce povoir de nous ; auquel traittié dont certain accord, par la grâce de Dieu, s'est insui, plusieurs et diverses choses furent pourparlées et requestes faites, débatues, promises et accordées ; mais pour le partement de mondit seigneur le roy et de son ost, les aucunes ne se povoient lors expédier, ne aussi les lettres dudit accort estre faites, ainçois furent mises en délay ». Le duc rappelle ensuite les diligences faites par le duc de Brabant, la comtesse de Hainaut et les députés des trois états de Flandre auprès du roi et du duc de Guyenne à Senlis et à Saint-Denis, pour faire expédier les lettres définitives du traité, et qui ne purent aboutir « par ce, si comme aux dites gens et députés a esté répondu et qu'ilz nous ont rapporté, qu'il n'y avoit personne qui eust pouvoir de nous pour entrer en cette besoingne ». Ayant pleine confiance en ses dits frère et sœur, le duc de Brabant et la comtesse de Hainaut, qui présentement, à sa prière et requête, vont vers le roi et le duc de Guyenne, ainsi qu'en ses amés et féaux R. P. en Dieu l'évêque de Tournai, les seigneurs de la Viesville, de Roncq et de Bonnières, chevaliers, et maître Thierry Gherbode, son conseiller, il leur ordonne d'aller, en compagnie des députés des trois états de Flandre, vers le roi de France et le duc de Guyenne, leur donnant pleins pouvoirs et autorité, par ces présentes, de rendre et bailler en son nom en la main du roi ou de ses commis, le château du Crotoy que ce prince lui avait remis en garde, dans le cas où cela serait son bon plaisir de le reprendre, en prenant toutefois de la reddition dudit château lettres convenables pour sa décharge ; et aussi de faire pour lui et en son nom tout leur loyal pouvoir, au bon plaisir du roi, pour que le château de Chinon que le duc n'eut jamais en garde, fût remis entre les mains du roi. Promettant de bonne foi d'avoir et de tenir ferme et agréable tout ce qui par ses dits frère et sœur ou l'un d'eux avec les autres envoyés en la manière dessus dite, aura été fait en cette matière, sans rien faire ni venir à l'encontre (¹).

Les représentants du duc de Bourgogne envoyés auprès du roi reçurent des instructions pour traiter de la paix définitive. Les premières sont intitulées : « Ce sont aucunes emprinses qui ont esté faictes sur Mᵍʳ de Bourgoingne, sur ses subgès et en ses pays, depuis le traité devant la ville d'Arras et en venant et faisant notoirement contre icellui (²) ».

Ce mémoire signale d'abord qu'il est certain que depuis l'étrange départ de l'armée du roi devant Arras, les gens de cette armée, en suivant leur chemin, *boutèrent* le feu en plusieurs lieux du pays d'Artois, particulièrement en la ville de Pas et en d'autres localités appartenant au seigneur d'Heilly, au mépris de ce qu'autrefois il avait servi le roi et tenu le parti du duc de Bourgogne, quoique depuis il ait été et est encore prisonnier en Angleterre pour le fait de la guerre du roi.

Item, qu'à la nouvelle de ce traité parvenue à Paris, plusieurs personnages de cette ville, dans le but de rompre le traité et de troubler la paix, firent aussitôt faire plusieurs *prédications* et *escripture* diffamatoires contre la personne et l'honneur du duc de Bourgogne, prédications que les gens du parti contraire au duc ont eues pour agréables, sans faire défense de les continuer, au contraire les entendant volontiers, ce qui est directement contraire au traité d'Arras.

Item, les officiers du roi ont *moult durement vexé et tra-*

---

1. Bibliothèque nationale. Département des manuscrits. Collection de Bourgogne. Tome 99, p. 121. Nota, au dos : « Tiré d'un coffre de la chambre des comptes de Dijon, liasse des accords. C. 3. » Pièce justificative, n° V.

2. Pièce justificative n° VI. Archives du Nord. Nouveau B. 311.

vaillé plusieurs gens qui avaient dit du bien de la personne du duc et loué Dieu à l'occasion de la paix. Pour les *vilener,* ils les ont appelés *faulx traîtres, bourguignons ;* aux uns, ils ont fait percer la langue, aux autres couper le poing, emprisonner et mettre au pilori « *avec plusieurs autres grans durtez qui sont choses de grant iniquité et inhumanité* ».

Item, depuis ledit traité, les gens du parti contraire au duc ont fait bannir plusieurs personnes de la ville de Compiègne et publier ces bannissements en présence des ambassadeurs du duc de Brabant, de la comtesse de Hainaut et des députés des trois états de Flandre, présents alors dans la ville de Compiègne, lorsqu'ils allaient vers le roi et le duc de Guyenne pour la conclusion définitive du traité de paix.

Item, les gens du parti contraire au duc ont mis *sus réformacions* par tout le royaume à l'encontre de ceux qui ont tenu le parti du duc ou l'ont servi et l'on a procédé contre eux par bannissement et emprisonnement, *comme s'il fust temps de guerre.*

Item, en outre, ils ont pris et détenu et encore détiennent et font détenir plusieurs officiers, serviteurs et gens des pays du duc de Bourgogne et qui sont depuis longtemps prisonniers ; leur condition n'a été nullement améliorée par le traité, mais plutôt empirée ; même, depuis ledit traité, plusieurs d'entre eux ont été condamnés à la prison perpétuelle.

Item, on fait délivrer des mandements royaux adressés aux baillis du royaume, en vertu desquels ils prennent et arrêtent en leurs bailliages les partisans du duc et même ceux qui furent au service du roi devant Bourges et avant le traité conclu dans cette ville.

Item, bien qu'on eût assigné une journée aux ambassadeurs du duc pour retourner vers le roi et le duc de Guyenne afin de parachever ledit traité d'Arras et de mettre toutes choses en bonne sûreté pour l'accomplissement de la paix, néanmoins ceux du parti contraire, afin d'empêcher la conclusion définitive du traité, ont mené ou fait mener le duc de Guyenne hors de Paris nuitamment, accompagné de sept ou huit cavaliers seulement, et l'ont éloigné dudit Paris jusqu'à Mehun-sur-Yèvre et de là jusqu'à Bourges où ils l'ont tenu enfermé et privé de toute liberté, tellement que personne ne pouvait lui parler.

Item, au moment où cette journée était assignée, lorsque le duc de Bourgogne se dirigeait vers ce pays, on lui refusa, en vertu d'un mandement scellé en la chancellerie de France, l'entrée de la ville de Châlons-sur-Marne et, dans cette ville, on ne voulut lui délivrer contre argent comptant ni vivres, ni les autres choses nécessaires à lui et à ses gens, comme s'il était un ennemi du royaume, quoique, au contraire, il allât paisiblement, payant son *escot* et sans commettre nulle voie de fait ni de guerre.

De même, à cette époque, les garnisons du parti contraire au duc occupaient les forteresses des environs de la Bourgogne et, malgré ledit traité, elles continuaient à guerroyer, prenant et rançonnant les sujets du duc, dont plusieurs sont encore prisonniers au château du roi à Châlons-sur-Marne; le bailli de Chaumont n'a pas voulu et ne veut pas les délivrer malgré les requêtes et les sommations que le duc lui a adressées à ce sujet.

De même, on a fait publiquement crier à Paris, à son de trompe, aux lieux accoutumés aux publications, que tous ceux qui avaient tenu le parti du duc de Bourgogne eussent à quitter Paris sous peine de perdre corps et biens; et ce même jour furent emprisonnés un grand nombre de gens; et l'on fit aussi sortir de Paris plusieurs femmes, au mépris du duc, et il y en avait plusieurs qui, sur la foi dudit traité, étaient retournées dans leurs maisons; plusieurs d'entre elles furent emprisonnées; les autres se sont retirées et cachées le mieux qu'elles ont pu, redoutant « *les grans et énormes rigueurs que font et font faire ceulx de l'autre partie* ».

De même, certains officiers du roi ont pris messire Gau-

cher de Saint-Simon, chambellan du duc, en la ville de
Paris, aussi Hector de Saveuse, écuyer d'écurie du duc, avec
deux des siens qui étaient allés en pèlerinage et pensaient
être en toute sûreté par suite dudit traité.

De même, afin de plus grièvement blesser et diffamer le
duc en son honneur, un nommé Gerson (*Jarçon*), chancelier de Notre-Dame de Paris, tant au nom de l'Université
comme en son nom personnel, a exhorté et « *requis moult
instamment* » les prélats qui se trouvaient alors à Paris de
présenter une requête au concile général qui doit se tenir
prochainement à Constance pour que plusieurs erreurs
qu'il prétend être contenues en une proposition ou libelle,
appelé : « *La justification du duc de Bourgoingne* » fait et
publié par feu maître Jean Petit, soient extirpées et, à ce
propos, pour parvenir à son intention, il a montré auxdits
prélats certaine condamnation que l'on dit avoir été pronon-
cée sur ce par l'évêque de Paris et par l'inquisiteur; laquelle
requête tend de mauvaise foi directement à la *destruction* de
la personne du duc, de son honneur et de toute sa postérité;
en quoi il a été aidé par tous ceux du parti contraire.

Les ambassadeurs du duc de Bourgogne, munis des pleins
pouvoirs de celui-ci et de ses instructions, se rendirent
d'abord à Compiègne pour joindre le roi et le duc de
Guyenne, puis à Senlis, Saint-Denis et Paris où ils arrivèrent
le 6 janvier 1415. Thierry Gherbode était avec eux. Il ne
devait revenir en Flandre que le 27 mars suivant ([2]). En
échange des observations, analysées ci-dessus, qu'ils durent
remettre immédiatement aux représentants du roi et du duc
de Guyenne, on leur en communiqua d'autres donnant en
quelque sorte la réplique aux leurs. Elles sont formulées
dans un mémoire ainsi intitulé : « *C'est ce que le Roy a ordonné sur les choses à lui requises en toute humilité de par
Mgr de Bourgoingne par Mgr de Brabant, ma dame de Hay-*

2. Bibliothèque nationale. Département des manuscrits. Collection de Bourgogne,
Tome 68, p. 47. Archives du Nord. B, 1903.

nau et les députez des trois estats du païs de Flandres comme procureurs et ayant puissance de mondit seigneur de Bourgoingne, pour venir à bonne paix ; lesquelles choses ont esté pourparlées et appointées en la présence de Mgr de Guyenne et du grant Conseil (1). »

Il débute ainsi :

Premièrement, « comme au temps passé plusieurs choses sont advenues au royaume de France, au grand dommage et déplaisir du roi, de Mgr de Guyenne et du royaume, supplieront le roi et mondit seigneur de Guyenne, en toute humilité, Mgr de Brabant, Mme de Hainaut et les députés dessus dits, au nom et comme procureurs fondés du duc de Bourgogne, que, quant aux choses faites et advenues depuis la paix de Pontoise, en tant que ledit duc a *mespris,* desquelles choses le roi et le duc de Guyenne ont pris *desplaisance,* qu'il leur plaise lui pardonner et le recevoir en leur bonne grâce et amour, et ainsi le supplieront *de bouche* (de vive voix) tous les dessus diz au nom de Mgr de Bourgogne ».

De même, ils bailleront ou feront bailler au roi ou à mondit seigneur de Guyenne ou à leurs commissaires les clés et feront ouverture « plainière » d'Arras et des autres villes et châteaux tenus du roi par le duc de Bourgogne, lesquels ils déclareront tenir dudit roi ; ils feront immédiatement ouverture des portes d'Arras et mettre les bannières du roi sur lesdites portes et sur celles des autres villes où il conviendra ; desquelles villes seront ordonnés capitaines, baillis et autres officiers royaux tels qu'il plaira à celui-ci, sans toutefois qu'il soit en cela porté dommage à ces villes ni à ces pays ; lesquels officiers y demeureront tant qu'il plaira au roi ou à Mgr de Guyenne.

De même, le duc de Bourgogne remettra incontinent au roi ou à ses commissaires le château du Crotoy, le placera ou fera placer réellement en sa main ; il fera tout son loyal

---

1. Archives du Nord. Chambre des comptes de Lille. Trésor des chartes. Art. nouveau B, 311. N° 15 270 du classement chronologique. Pièce justificative n° VII.

pouvoir pour que les châteaux de Chinon fussent aussi remis en la main du roi.

De même, au sujet de l'offre du duc de Bourgogne d'éloigner et d'écarter de sa personne, de sa compagnie et de ses États certaines personnes ayant encouru l'indignation du roi et du duc de Guyenne, requérant et suppliant qu'il plaise au roi et au duc de Guyenne d'être satisfaits de cela; de son désir que toutes les terres et biens enlevés aux vassaux, sujets, serviteurs et partisans du duc de Bourgogne qui, lors des événements passés, l'ont aidé et favorisé, quels qu'ils soient, leur soient restitués, et que dorénavant aucun, de quelque état ou condition qu'il soit, ne soit molesté ni inquiété (*travaillé*) sous couleur de justice ni autrement, pour avoir servi le duc de Bourgogne, aidé ou favorisé « ès choses passées » : il conviendra qu'il soit dressé et donné lettres nécessaires et convenables et aussi que tous les procès et bannissements, prononcés ou commencés contre lesdits sujets, serviteurs, *aidans* et *favorisans* dudit duc, soient annulés et « mis au néant comme non advenuz et que chacun puisse sûrement aler sus son lieu et joïr de ses biens, et sur ce faire abolicion générale ».

Il est spécifié (*advisé*) que le duc de Bourgogne ne soutiendra, recélera, recevra, ni souffrira être reçu dans son entourage, ni dans ses États, aucunes personnes bannies par le roi; mais, au contraire, les chassera et fera chasser; et quant à l'abolition générale et aux autres choses dessus dites, le roi a tout réservé et réserve d'en faire ordonner à la volonté et ordonnance « de lui et de mondit seigneur de Guyenne ».

De même, quoique en faisant la susdite paix (d'Arras), le duc de Brabant, la comtesse de Hainaut et les députés des trois états aient certifié et affirmé au roi et au duc de Guyenne que le duc de Bourgogne n'avait aucune alliance avec les Anglais, néanmoins, comme certains bruits ont couru à ce sujet (*aucunes paroles en ont esté*) pour enlever (*eschever*) tout soupçon à cet égard, ils promettront, au nom du duc de Bourgogne, que celui-ci ne procédera plus avant sur ce point et qu'il ne fera dorénavant et ne fera faire, avec lesdits Anglais, aucunes alliances ni traités à l'encontre du roi de France, du duc de Guyenne et du royaume.

Quant à la réparation de l'honneur du duc de Bourgogne, comme plusieurs lettres ont été écrites et envoyées en plusieurs lieux du royaume et au dehors, préjudiciables, dit-il, à sa personne, il est décidé qu'après la conclusion de la paix, le roi, une fois à Paris, ordonnera à certains de ses conseillers d'examiner, avec ceux que commettra à cet effet le duc de Bourgogne, quelles lettres il conviendra de dresser pour la décharge et la réparation de l'honneur de celui-ci.

Le duc de Bourgogne rendra ou fera rendre aux seigneurs barons, chevaliers, écuyers et autres gens du royaume et d'ailleurs qui ont servi le roi en cette querelle ou autrement, leurs seigneuries, terres, fiefs et possessions quelconques qu'il a pris, saisis et mis en sa main, à l'occasion dudit service « *et sa dicte main en levera ou fera lever à plain et en ostera et fera oster touz troubles et empeschemens quelxconques au prouffit d'iceulx et de chascun d'eulx en tout qu'il lui touche* ».

Jamais, ni en aucun temps, le duc de Bourgogne ne fera ni « *pourchacera* » être fait par lui ni par d'autres, en secret ou ouvertement, aucun mal, *destourbier*, ni empêchement aux vassaux, gens, serviteurs, partisans, officiers et sujets du roi qui l'ont servi en cette querelle tant sous sa personne même que sous les autres seigneurs et capitaines de sa compagnie, ni aussi aux bourgeois, ni aux autres habitants de Paris, par voie de fait, ni autrement en quelque manière que ce soit, à l'occasion dudit service.

Le roi, afin de toujours tenir ses sujets en sa bonne obéissance ainsi qu'ils doivent l'être, veut et ordonne que le traité de Chartres et les autres traités faits depuis soient observés et maintenus et que, s'il y a quelque chose à modifier ou à améliorer dans leur teneur, que ces modifications ou améliorations soient faites d'un commun accord.

Comme sûreté et garantie de l'accomplissement de ces conventions, le duc de Brabant, la comtesse de Hainaut et les députés des trois états de Flandre promettront et jureront, tant en leurs propres et privés noms et aussi au nom et comme se faisant forts des prélats et gens d'église, nobles et bonnes villes de tous les pays du duc de Bourgogne ; c'est à savoir : le duc de Brabant et la comtesse de Hainaut au nom du duc de Bourgogne et les députés pour tous les pays de Flandres, que le duc tiendra, gardera et observera fermement « *à tousjours mais* » cette bonne paix, sans jamais faire venir ni poursuivre par lui, ni par autrui, aucune chose qui lui serait contraire. Et dans le cas où il viendrait à leur connaissance que le duc de Bourgogne commençât à faire ou à entreprendre ouvertement ou en secret aucune chose contraire à ce présent traité de paix ou à l'une de ses parties, ils ne lui feront, ni donneront aucune aide, conseil, ni confort, ni de corps, ni de biens (*chevance*), ni autrement en quelque manière que ce soit, pourvu que les seigneurs du sang du roi et autres, les prélats, nobles et bonnes villes du royaume fassent semblable serment. Et de ce donneront les dessus dits lettres bonnes et convenables à l'ordonnance du roi et de son conseil. Et, en outre, promettront le duc de Brabant, la comtesse de Hainaut et les députés des trois états de faire leur loyal pouvoir pour faire semblablement promettre et jurer dès maintenant les conventions ci-dessus par les gens d'Arras et par tous les gentilshommes et autres qui s'y trouvent et aussi par ceux qui se trouvent à présent en la compagnie du duc de Bourgogne et dans les garnisons de ses villes et châteaux d'Artois, de Bourgogne et de Flandre quand ils en seront requis par le roi.

Relativement à la venue du duc de Bourgogne vers le roi, la reine et le duc de Guyenne sans l'exprès commandement du roi, du gré et consentement de la reine et du duc de Guyenne et sur grande délibération de son conseil dont appert par ses lettres patentes scellées du grand scel, le duc, quant au point de venir ou de ne pas venir vers eux et aux conditions de sa venue s'il était mandé, se soumettra et se soumet dès maintenant complètement à l'ordonnance du duc de Guyenne; mais, à ce sujet, devront être dressées lettres particulières et cet article ne sera pas compris dans le traité de paix définitif.

Le duc de Brabant, la comtesse de Hainaut et les députés des trois états, au nom du duc de Bourgogne, promettent de faire accorder, ratifier, *gréer*, approuver et confirmer toutes les choses contenues en ce présent traité par le duc de Bourgogne, qui délivrera à ce sujet des lettres patentes.

Le 10 février, le duc de Bourgogne écrivit à l'évêque de Tournai et aux sires de Roncq, ses « amez et féaulx conseillers estans présentement devers Monseigneur le roy ou mon très redoubté seigneur et filz Monseigneur de Guienne », qu'il avait reçu leurs lettres et celles de son frère le duc de Brabant. Il leur recommande de veiller à ce que ce dernier ainsi que la comtesse de Hainaut ne se détournent pas de la mission qui leur est confiée « *tant par esbatemens de jeu de paulme ou aultre comme par autres occupacions qu'ilz* (le roi et le duc de Guyenne) *leur pourroient et se efforceroyent de leur donner en diverses manières à la fin dessus dicte* »; de les avertir d'être en garde sur ce point et de faire la plus grande diligence possible à la fin contraire, savoir : de parler au duc de Guyenne *privéement*, de l'accompagner et de lui faire tous les singuliers plaisirs que faire lui pourront pour obtenir l'*entérinement* et accomplissement de la promesse qu'il leur a faite, car il lui semble de plus en plus que son honneur serait et demeurerait trop grandement foulé au regard de la *générale abolition* demandée par ses représentants, si ladite promesse n'était pas accomplie et *entérinée* ainsi qu'elle doit l'être et qu'il est bien suffisant que sept personnes en soient expressément exceptées, chose déjà trop pénible au duc, mais qu'il supportera patiemment

(*paciaulement*) avec l'aide de Dieu par honneur et révérence
du roi, de la reine, du duc de Guyenne et pour le bien de
la bonne paix par lui tant désirée. Il veut donc que ces
choses ayant été remontrées au duc de Brabant, à la comtesse de Hainaut et aux députés des trois états de Flandre
aussi discrètement qu'ils le pourront, ils fassent en sorte de
ne point se laisser payer, ni contenter de belles paroles ou
de promesses dont plusieurs savent bien se servir ; mais, au
contraire, de poursuivre le mieux qu'ils pourront la négociation afin que le roi fasse cesser l'effet des dernières lettres
données par lui dans le conseil tenu « *par biaux oncles de
Berry* », à son grand détriment, ainsi que plusieurs autres
« *diverses manières de ce bon serviteur Jarson* (Gerson) *tant
en escriptures, comme en prédications* » (¹).

Cette lettre fait allusion au traité du 2 février précédent (²),
conclu entre le roi Charles VI et Jean sans Peur par le seul
intermédiaire du duc de Brabant et de la comtesse de
Hainaut, les autres représentants du duc ayant tenu, comme
nous le verrons plus loin, à rester étrangers à sa rédaction. Ce traité n'était que la confirmation, au point de vue
général et militaire, des principales clauses des préliminaires
arrêtés devant Arras. Mais, quant à l'abolition générale qui
tenait tant au cœur du duc, le traité en exceptait « *cinq
cents personnes non nobles, qui ne sont pas subjects, vassalz
ou serviteurs de nostre dict cousin de Bourgogne; desquelles
cinq cents personnes les noms seront baillez par escript à nos
cousins de Brabant et à nostre cousine de Hainault dedans la
feste de la Nativité-Sainct-Jehan-Baptiste* (24 juin 1415)
*prochain venant. Excepté aussi ceux qui par nostre justice
ont été nomméement bannis depuis ledit temps, par procès
dernièrement faiz, observé et gardé les solemnités en tels cas*

---

1. Archives du Nord. Chambre des comptes de Lille. Nouveau B, 321. N° 15270⁵ du
trésor des chartes. Pièce justificative n° VIII.

2. Imprimé dans DUMONT, *Corps diplomatique*, t. II (2ᵉ partie), p. 21-23. (Archives
nationales, J, 948.) — Copie ni datée ni signée, écriture du temps (archives du Nord,
art. B, 311). Pièce justificative n° IX.

*accoustumées. Lesquelles cinq cents personnes ne seront aucu-
nement comprins en ladicte abolicion. »*

On s'imagine facilement quel dut être le mécontentement
de Jean sans Peur devant cette exception qui diminuait sin-
gulièrement la promesse de lettres d'abolition générale
faite devant Arras. Il s'en prit au manque de zèle du duc de
Brabant et de la comtesse de Hainaut qui, selon lui, s'étaient
laissés circonvenir par les manœuvres et les plaisirs de la
cour. Maintenant, il lui fallait abandonner aux vengeances
des Armagnacs cinq cents de ses plus dévoués amis du parti
bourguignon à Paris qui s'étaient le plus distingués et compromis pour lui dans les troubles ayant ensanglanté la capitale depuis quatre ans. Il paraît n'avoir pas voulu s'y résou-
dre sans tenter au moins de les défendre. Son honneur le lui
commandait d'ailleurs. C'est pour ce motif qu'il écrivit à
ceux de ses représentants à Paris, l'évêque de Tournai, les
sires de Roncq et de Bonnières, dans lesquels il avait le
plus de confiance, de stimuler le zèle du duc de Brabant et
de la comtesse de Hainaut pour qu'ils obtiennent du duc de
Guyenne des conditions moins dures à son amour-propre en
ce qui concernait l'abolition générale. Il est très probable
qu'au fond il se doutait bien qu'il avait peu de chances d'obtenir complète satisfaction. C'était une trop belle occasion pour
les Armagnacs, maîtres de la cour à ce moment, de se débar-
rasser de leurs ennemis. Mais le duc voulait au moins sau-
ver la face, comme on dit de nos jours, et faire voir qu'il
n'abandonnait ses amis et partisans que contraint et forcé.

Le 16 février 1415, Jean de Précy, secrétaire du duc de
Bourgogne, écrivit à l'évêque de Tournai, aux sires de
Roncq et de Bonnières, à maître Thierry Gherbode et à
maître Jean Séguinat, qui réclamaient de l'argent pour pouvoir rester à Paris et continuer les négociations, qu'il en
était lui-même très à court et qu'il ne pouvait leur envoyer
que 250 écus d'or que lui avait procurés le lombard Philippe Raponde. C'est une somme peu importante. Mais il

espérait qu'elle pourrait leur suffire jusqu'à la conclusion de leur *besoigne* (1).

La lettre du duc de Bourgogne à ses représentants, en leur témoignant combien lui était pénible la restriction apportée à l'abolition générale, eut pour résultat d'amener ceux-ci à dégager leur responsabilité du traité du 2 février. Ils le firent par une protestation rédigée à Paris, en l'hôtel de Flandre, le lundi 18 février 1415, où était présent le duc de Brabant. Dans cet acte, Jean Séguinat, secrétaire du duc de Bourgogne, certifie qu'en sa présence l'évêque de Tournai, le sire de Roncq, le sire de Bonnières, chevaliers, et maître Thierry Gherbode, conseiller du duc, ont dit et exposé « *que de certaine ordonnance que monseigneur de Guyenne avoit naguères fait prononcer en la ville de Saint-Denis sur la poursuite faite par devers lui par monseigneur de Brabant, Madame de Haynau ou fel* (2)... *pour elle et les trois estats du païis de Flandres et avecques eulx par lesditz conseillers de mondit seigneur de Bourgoingne ad ce ordonnez de par luy, pour avoir abolicion générale pour tous ceulx qui ont aidié, servi ou favorisé mondit seigneur de Bourgoingne es débas et discensions qui ont esté en ce royaume depuis la paix dernièrement faite à Pontoise, eulx* (3)... *deliběracion par devant mesdiz seigneur de Brabant et dame de Haynau avoient été d'opinion et supplié et requis que ladite ordonnance avec toutes les conclusions de la négociation* (tout le demené de la besoigne) *si importante* (que tant touchoit), *fussent rapportées au duc de Bourgogne pour avoir sur ce son bon plaisir avant d'accepter ladite ordonnance et de conclure définitivement le traité passé devant Arras dont ladite abolition était la conséquence finale. Mais comme le duc de Brabant, la comtesse de Hainaut et les députés des trois états de Flandre objectaient qu'en prenant un si grand délai on pouvait amener la rupture des négociations,*

1. Archives du Nord. Chambre des comptes de Lille. Nouveau B, 311. N° 15280 du trésor des chartes. Pièce justificative n° X.
2. Déchirure dans le texte.
3. *Idem.*

ce qui entraînerait des malheurs et des dommages irréparables tant au roi, au duc de Guyenne, au royaume qu'au duc de Bourgogne et à ses pays et sujets ; que pour les éviter et pour autres causes et considéracions plus à plain exposés, même pour certaine chose que l'on avoit fait aparer servant bien à ceste matière, ils étoient d'avis d'accepter ladite ordonnance d'abolition et de procéder pour le surplus à l'achèvement des choses stipulées audit traité, et avoient dit que si les négociations étoient rompues, la responsabilité des inconvénients qui en résulteroient retomberoit tout entière sur lesdits conseillers du duc de Bourgogne et qu'ils s'en déchargeroient complètement ; lesdits conseillers étoient très perplexes et ne vouloient pas reconnaître ladite ordonnance dans la crainte d'encourir l'indignation du duc de Bourgogne ; toutefois, pour ne pas avoir la responsabilité de la rupture et qu'on ne dise qu'elle provenoit de leur fait, au contraire dans l'intention de mieux faire en n'y mettant pas d'obstacle, pressés, d'ailleurs, de donner leur avis et quoique bien contrariés de le faire et heureux s'ils avoient pu s'en dispenser sans esclandre ou péril, ils s'en rapportèrent et accordèrent à l'opinion du duc de Brabant, de la comtesse de Hainaut et des députés des trois états. Ils protestèrent expressément que, si ce n'eût été pour les causes exprimées ci-dessus, ils n'auroient pas agi ainsi, n'auroient pas voulu, ni osé le faire. Ils supplièrent le duc de Brabant et les autres représentants du duc de Bourgogne présents à la signature dudit traité de vouloir bien les excuser auprès de celui-ci de la conduite qu'ils avoient tenue. Le tout certifié sous le seing manuel de Jean Séguinat. Fait à Paris en l'hôtel de Flandre où étoit logé le duc de Brabant, le lundi 18 février 1414 (1415 n. st.)[1]. »

Le même jour, la duchesse de Bavière, comtesse de Hainaut, écrivit de Senlis à l'évêque de Tournai, son *très cher et grand amy,* pour le prier qu'il lui plaise croire et ajouter

---

1. Bibliothèque nationale. Département des manuscrits. Collection Moreau. Tome 1424. Pièce 67. Pièce justificative n° XI.

foi à tout ce que ses chiers et féaux conseillers lui *remons-treront* de sa part (¹).

C'est vers la même époque que l'on peut placer la lettre du duc de Bourgogne au comte de Hainaut, dont la minute non datée est conservée aux archives du Nord (²). Le duc dit à son très chier et très amé frere qu'il a reçu ses lettres écrites à Saint-Denis le 3 de ce mois (probablement février), annonçant son arrivée dans cette ville ainsi que celle de ses représentants et des députés des trois états de Flandre, venus avec lui, sans être accompagné toutefois de la comtesse de Hainaut, restée à Senlis, pour les motifs plus au long déclarés. Puis il exprime le désir que ses représentants l'informent de ce qu'il a fait et fait encore le mieux qu'il peut pour son service. Jean sans Peur le prie de savoir qu'il a appris par les lettres de sesdits représentants « *les grandes et bonnes affections et diligence* » que lui et sesdits représentants, avec les gens et conseillers de la comtesse de Hainaut, ont fait et font journellement en la *matière* pour laquelle lui et eux sont *par delà*. Il en est bien content et l'en remercie autant qu'il le peut, en lui demandant « *continua-cion telle que vous savez et povez savoir et que bien faire le saurez appartenir en tel cas pour le bien de Monseigneur le roi, de son très redoubté seigneur et filz Monseigneur de Guienne et de tout ce royaume tant désolé que chascun puet appercevoir.* De laquelle continuation il a parfaite et entière *confidence* en lui *comme raison est*. Et comme, entre autres choses, il s'est aperçu comme lui-même a pu le sentir et voir clairement que plusieurs personnes de l'entourage du duc de Guyenne ont mis et s'efforcent de mettre « *plusieurs difficul-tez et empeschemens ad ce que mondit seigneur de Guienne ne entretienne ce qu'il promist à vous et à bellesuer* (la comtesse

---

1. Archives du Nord. Chambre des comptes de Lille. N° 1570¹ du trésor des chartes. B, 311. Pièce justificative n° XII.

2. Chambre des comptes. B, 311. Trésor des chartes. N° 15270⁸ du trésor des char-tes. Pièce justificative n° XIII.

de Hainaut) *par devant ma ville d'Arras, comme vous et elle poez estre records et que sur espérance de l'entretènement de ladite promesse j'ay juré de tenir bonne paix, laquelle ne me seroit point entretenue et ne pourroye avoir honnorable conclusion du traictié fait par devant madicte ville, si ladicte promesse n'estoit accomplie et entretenue par mondit seigneur de toutes les meillieurs et plus secrètes voyes et manières que pourrés.* » Grâce à elles vous pourrez sur ce et autres choses « *à ce servans et à la bonne et fructueuse conclusion de vostre présente emprise, parler à part à mondit seigneur de Guienne et, se mestier est, à aucuns autres de son sang telz qui vous plaira et sentira estre affectez à ladicte bonne conclusion, laquelle j'espoire fermement que vous obteniez si vous povez ainsi parler secrètement et privièement à lui et le plus souvent que vous pourrés en lui remonstrant comme très bien faire le sçaurés, et qu'il appartient en tel cas, et le grant bien que si puet ensivir de ladicte bonne conclusion par l'entretènement de ladicte promesse, ensemble les horribles maulx, périlz et inconvéniens qui seront aprestez et pourront avenir par la deffaute des conclusions et entretènement dessusdits; combien que je croye certainement que plusieurs petitement à ce affectez, s'efforceront par toutes voyes subtilles de vous empeschier en ce que ne puissiez souvent parler comme dit est à mondit seigneur de Guienne dont je vous prie que vueillez estre sur vostre garde et au surplus croire mesdites gens de ce qu'ilz vous diront plus à plain de par mon intencion comme je leur escrips plus au long, etc.* »

Le même jour, 18 février 1415, où l'évêque de Tournai et les autres ambassadeurs du duc de Bourgogne adressaient à leur maître une protestation contre le traité conclu le 2 février précédent, Jean sans Peur leur écrivait de son côté la lettre intéressante suivante qu'ils reçurent le 23 février 1415 ([1]). Il a reçu, dit-il, les lettres que lesdits

---

[1]. Archives du Nord. Chambre des comptes de Lille. Nouveau B, 311. N° 15270 5 *bis* du trésor des chartes. Original, papier, avec traces du cachet en cire rouge. Pièce justificative n° XIV. Cette lettre paraît avoir été adressée à l'évêque de Tournai.

ambassadeurs lui avaient envoyées par Jacquemin de Rove, son chevaucheur, porteur de celles écrites par eux le 10 dudit mois, conformément à ce qu'il leur avait mandé auparavant par Thierrimont, son chevaucheur qui, le 7 précédent, leur avait remis un écrit contenant ses volontés. Ledit jour, le duc de Guyenne tenant le conseil à Saint-Denis, auquel assistaient le duc de Berry, le comte d'Alençon, le cardinal de Bar, plusieurs archevêques et évêques, les chanceliers de France, de la reine et du duc de Guyenne, *grant foison* de chambellans, des gens du parlement, de la Chambre des comptes et du Châtelet et grand nombre de gens de plusieurs états, fit prononcer devant le peuple à *huis ouverts* l'ordonnance du roi et la sienne de la manière contenue en une cédule que lesdits ambassadeurs lui ont transmise incluse dans leurs lettres avec une autre cédule contenant les noms des bannis du royaume au mépris de lui, duc de Bourgogne, et à sa très grande charge et à son déshonneur, laquelle cédule lesdits ambassadeurs tenaient du chancelier du duc de Guyenne. Lesdites lettres annoncent aussi que pour la rédaction de ladite ordonnance, le duc de Brabant, la comtesse de Hainaut, leurs gens, lesdits ambassadeurs, ni les autres personnes étant *par deià* en leur compagnie, n'ont été nullement appelés et que leur consentement n'a été nullement demandé. Ce procédé leur a paru *moult estrange et rigoureux* et pour ce motif le duc de Brabant et lesdits ambassadeurs se sont retirés à Senlis vers la comtesse de Hainaut où un conseil a été tenu et où il a été décidé de se trouver tous à Saint-Denis auprès du duc de Guyenne mercredi dernier (*14 février*) afin de faire tout ce qui pourrait être fait auprès de celui-ci pour rendre ladite ordonnance moins rigoureuse. « *Et pour ce, révérend Père en Dieu, très chiers et bien amez, que ainsi que vous savez et clèrement pouvez congnoistre comme nous mesmes qui ne sommes pas de si grant entendement comme vous estes, savons évidemment que les choses dessusdictes ont esté et sont faictes tant et*

si avant que plus ne peuvent, à la très grant charge et déshonneur de nous, de nostre lignée et postérité, ensemble de tous
nos pays, subgiez, serviteurs, amis, aidans et bienveuillans et
que les dessus nommés estans entour mondit seigneur de
Guienne, ne tendent par toutes les voyes qu'ils peuvent et sçavent
penser et imaginer, fors seulement (si ce n'est) à la totale destruction de nous et des nostres, sans avoir regard quelconque
à l'entretènement de la paix derrenièrement faicte devant
nostre ville d'Arras, ni aux seremens qui, sur ce, ont esté faiz;
laquelle paix pour le bien de ce royaume et par les rappors
qui par lesdiz beaufrère et bellesuer et par les depputez des
rois Estas de nostre dit pays de Flandres, nous furent sur ce
faiz, jurasmes volentiers et de bon cueur de ycelle loyaument
entretenir au cas que on nous entretiendroit, ce qui par mondit seigneur de Guienne avoit esté sur ce promis et juré. Nous
vous signiffions que les choses dessus dictes ainsi faictes
n'avons pas agréables ne jà n'aurons pour quelconque chose
qui advenir nous puisse, et ne voulons pas que vous y procédez
en quelque manière que ce soit, fors seulement ainsi et selon
les termes que dessous vous avons escript tant par Colin de
Horne, nostre chevaucheur, comme par ledit Therrimont et
que par autres vous avons fait dire de bouche. Et s'ainsi est,
que Dieux ne vueille, que monditseigneur de Guienne par le
moyen et..... dessusdiz ou autrement demeure et persiste entièrement en ce propos, et que autre appointement honnorable pour nous et les nostres n'y puissiez avoir et trouver : Il
nous plaist et voulons que honnorablement vous vous départez et prenez congié de luy, pourveu toutes voyes que avant
vostre département lesdiz beaufrère et bellesuer pour montrer nostre bonne et loyale intencion et le grant désir et bon
vouloir que avons de ladicte paix entretenir sur toutes
choses, faciez remonnstrer clèrement et à huis ouverts, comme
par ci-devant a esté fait contre nous et à nostre charge,
en justifiant nostre bon droit et en mettant Dieu et le monde
devers nous, comment à nous ne tient pas que en ce royaume

*n'ait bonne et ferme paix, afin que chascun puisse congnoistre
la mauvaise et dampnable voulonté de ceulx qui ainsi ladicte
paix empeschent, en déclarant les promesses sur ce faictes
et jurées par ledit Mgr de Guienne ou traictié de ladicte paix
fait derrenièrement devant nostre dicte ville d'Arras, lequel
avez pardevers vous, et remonstrant aussi clèrement que lesdictes choses ainsi derrenièrement faictes à nostre grant
charge et déshonneur, ensemble l'ambaxade que l'on envoye
présentement contre nous devers nostre Saint Père, en laquelle
sont le conte de Vertuz, Loys de Bavière, maistre Jehant
Jarson et plusieurs autres noz mortelz ennemis, portans lettres
patentes de Mgr le roy comme vous savez, sont toutes contraires ausdictes promesses et traicté. Et au surplus, nous vous
donnons conseil et ferons du mieu'x que nous pourrons, espérans que, à l'aide de Nostre Seigneur, nous y aurons quelque
foiz pl^{us} honnorable conclusion. Et ces choses voulons par
vous estre exposées ausdiz beaufrère et bellesuer en les requérant très instamment de par nous, de ycelles conduire et
accomplir par la manière que dit est, car pour ceste cause,
nous leur escripvons présentement lettres de créance sur vous et
semblablement ausdiz depputez. Révérend Père en Dieu, très
chiers et bien amez, Nostre Seigneur vous ait en sa saincte
garde. Escript en nostre chastel de la Perrière (en Bourgogne)
le XVIIIe jour de février. (Signé): Viguiez. »*

Les préliminaires d'Arras et le traité du 2 février 1415
avaient stipulé la remise du château du Crotoy entre les
mains du roi ou de ses officiers. Cette forteresse avait pour
gouverneur le sire de Croy, qui ne s'empressait pas de l'abandonner. Avait-il des ordres secrets du duc de Bourgogne
pour agir ainsi, car Jean sans Peur désirait peut-être garder
ce château comme un gage, afin d'obtenir des conditions
plus favorables pour ses partisans exceptés de l'abolition
générale? Quoi qu'il en soit, le 27 février 1415, le duc de
Brabant, la comtesse de Hainaut, l'évêque de Tournai, les
sires de Roncq et de Bonnières, Thierry Gherbode et les

députés des trois états de Flandre, après avoir rappelé au sire de Croy les lettres du duc de Bourgogne ordonnant la remise du château du Crotoy au roi et au duc de Guyenne *« pour acquiter en ce nostre serment et ce que promis avions »* lui signifièrent que *« pour ce est-il, veuillans obéissance estre rendue à noz diz seigneurs le roy et Mgr de Guienne pour entretenir ledit traitié et acquiter en ce nostre dit frère et seigneur et aussi nous comme raison est, vous mandons par vertu des lettres dessus incorporées et du povoir à nous donné par icelles que, incontinent, sans délaïer, vous rendez et délivrez ou faictes rendre et délivrer réalment et de fait à messire Philippe d'Auxy, seigneur de Dompierre, bailli d'Amiens, à ce député et spécialement commis de mondit seigneur de Guienne, ledit chastel de Crotoy, en prenant devers vous pour vostre acquit et descharge ces présentes et les lettres de descharge des susdits, par lesquelles vous serez et aussi vous promettons estre deschargié de la reddition dudit chastel envers nostre frère et seigneur de Bourgoingne dessusdit, et vous en deschargeons de par lui par ces mesmes présentes, auxquelles, en témoing de ce, avons fait mettre les scels de nous duc, duchesse et le scel de nous évesques pour nous conseilliers dudit Mgr de Bourgoingne et le scel de nous abbé de Saint-Pierre de lez Gand pour nous les députez des trois estas de Flandres dessusdits. Donné à Paris, le pénultiesme jour de février, l'an de grâce mil quatre cens et quatorze* (¹). »* Le lendemain, 28 février, les députés des trois états de Flandre reçurent du roi Charles VI des lettres de sauf-conduit les autorisant à séjourner à Paris jusqu'au 20 mars suivant (²).

Le 1er mars suivant, les ambassadeurs du duc Jean sans Peur écrivirent à son fils le comte de Charolais, plus tard Philippe

---

1. Archives du Nord. Chambre des comptes de Lille. B. 311. N° 15280 du trésor des chartes. Minute sur papier de la main de Thierry Gherbode. Pièce justificative n° XV.

2. Bibliothèque nationale. Département des manuscrits. Collection Moreau. Tome 1424. Pièce 68.

le Bon, pour le mettre au courant des négociations et insister auprès de lui au sujet de la remise du château du Crotoy entre les mains des officiers du roi de France, le priant qu'il lui plût « *bien adcertes et affectueusement escripre et mander estroitement et poignaument audit Mgr de Croy que en la reddicion et délivrance dudit chastel, vue ladicte descharge qu'il en a pour mondit seigneur, vostre père, et pour lui, car la reddicion faicte, les choses dépendantes de ladicte paix que nous requérons et sont encores à expédier, se pourront moult adoucir et venir à meilleure conclusion, et autrement si délai ou refuz y avoit, ce seroit grandement au desplaisir du roy et de mondit seigneur de Guienne et non sans cause et pour rompre tout le traitié de ladicte paix dont dommage irréparable seroit taillié à en ensievir, que Dieu deffende. Aussi ce seroit à vérité dire, à la charge de mondit seigneur, vostre père, et aussi très grandement dudit Mgr de Croy qui se devroit bien aviser que telle charge ne demourast sur lui. Si vous supplions, nostre très redoubté seigneur, qu'il vous plaise faire expédier voz lettres sur ce, en la meilleure forme que faire se pourront et les faire envoïer incontinent audit Mgr de Croy, affin qu'il soit plus enclin de faire la délivrance dudit chastel. En oultre, nostre très redoubté seigneur, par ledit traitié est aussi accordé que les terres, héritages et possessions des seigneurs, vassaulx et autres qui pour cause d'avoir esté au service de l'une partie ou de l'autre depuis la paix faicte darrenièrement à Pontoise, ont esté et sont empeschiez doivent estre mises au délivre et sur ce mondit seigneur vostre père a aultrefois baillié mandement par ses lettres patentes desquelles nous vous envoïons la copie collationnée, pour selon le contenu d'icelles, la délivrance de par vous estre faicte tant des terres et possessions de Mgr le duc de Bar empeschiées en ladicte cause, comme d'autres qui le requerront, et nous avons retenu l'original dudit mandement pour nous en aidier, si nous en aviens à faire pardeça. Nostre très redoubté seigneur, depuis que darrenièrement nous avons escript par*

Bonne Course le chevaucheur, comment ladicte paix avoit esté criée à grant solemnité en ceste ville, mondit seigneur de Brabant et nous autres estans en sa compaignie, avons tousjours au sourplus de ce qui reste encores à parfaire, besoigné et besoignons le mieulx et plus diligemment que nous povons et, selon ce que les choses se porteront, nous vous en ferons tousjours savoir les nouvelles. Nostre très redoubté seigneur nous prions Dieu, etc. Escript à Paris, le premier jour de mars ([1]). »*

Le 13 mars 1415, le roi de France prolonge de nouveau le sauf-conduit accordé aux délégués flamands jusqu'au dimanche après Pâques (7 avril 1415). Cet acte contient l'énumération complète des plénipotentiaires du duc de Bourgogne. C'étaient le duc de Brabant, l'évèque de Tournai, les sires de Roncq et de Bonnières, Thierry Gherbode, conseiller, et Jean Séguinat, secrétaire, délégués du duc, l'abbé de Saint-Pierre de Gand et Henri Gœthals, délégués du clergé ; Jacques de Lechterwelde, sire de Coolscamp, Guillaume d'Estaules, châtelain de Furnes, et le sire de Pouques, délégués de la noblesse ; enfin les représentants des quatre membres de Flandre et chacun des membres avait envoyé trois délégués ([2]).

Le 30 mars, le château du Crotoy n'avait pas encore été remis au roi de France. A cette date, le duc de Brabant écrivit de nouveau au sire de Croy qui en était le gouverneur « *de rendre incontinent et delivrer es mains du bailli d'Amiens à ce commis dudit Mgr de Guienne et pour lui, ledit chastel….. Et sur ce veuillez croire nostre amé et féal conseillier et bailli de la chastellenie de Lille Jehan de Pernes, porteur de cestes, et les autres qui de par ladicte bellesueur (la comtesse de Hainaut) et ceulx des trois estas dudit pays de Flandres se traient présentement à tout leurs lettres de créance pour*

---

1. Archives du Nord. Chambre des comptes de Lille. B, 311. N° 15280 du trésor des chartes. Copie sur papier. Écriture du temps. Pièce justificative n° XVI.

2. Bibliothèque nationale. Département des manuscrits. Collection Moreau. Tome 1424. Pièce 70.

*ladicte cause pardevers vous, de ce qu'ilz vous en diront de
par eulx et de par nous. Et quant est de vostre paiment que
a esté demandé pour le temps que vous avez esté à la garde
dudit chastel, l'on a sur ce respondu que icellui chastel mis en
la main de mondit seigneur de Guienne, nous en fiessiez
requeste et l'on aviseroit ains sur ce et feroit tant que de raison en devriez estre content. Très chier et bon ami, Nostre
Seigneur vous ait en sa saincte garde. Escript à Paris, le
pénultiesme jour de mars l'an mil CCCC et XIIII*([1]). »

Les ambassadeurs du duc de Bourgogne paraissent être
revenus, au moins la plupart d'entre eux, en Flandre à la
fin du mois de mars 1415. Thierry Gherbode se trouvait à
Lille le 27 de ce mois ([2]).

Cependant, les négociations étaient loin d'être terminées.
Il restait toujours à régler la question de l'abolition générale et des cinq cents partisans du duc qui en étaient
exceptés. Elle ne le fut que le 29 juin 1415, par une sorte
de compromis passé entre les ambassadeurs de Jean sans
Peur et le duc de Guyenne, ainsi intitulé : « *Ce sont les
requestes faictes par les ambassadeurs de Mgr de Bourgoingne
et les responses faictes à y celles requestes par Mgr de
Ghienne.* » Dans cet acte, les diverses phases des négociations qui suivirent les préliminaires d'Arras sont successivement mises en lumière. Il est donc intéressant d'en donner
une analyse sommaire qui permettra d'en déduire les conclusions définitives.

Premièrement, les ambassadeurs du duc de Bourgogne
ont fait remarquer qu'au début des lettres d'ordonnance de
la paix, il est déclaré que le roi, pour plusieurs choses
faites et *advenues* depuis la paix de Pontoise, à son très
grand déplaisir et dommage de lui, de son royaume et de
ses sujets, avait eu le duc de Bourgogne en son indignation

---

1. Archives du Nord. Chambre des comptes de Lille. Art. B, 311. N° 15270⁹ du trésor des chartes. Minute sur papier. Pièce justificative n° XVII.

2. Félix de Coussemaker, *loc. cit.*

et *male grâce* et que dans le dispositif desdites lettres il est dit que le roi préférant miséricorde à rigueur de justice, a fait, donné et octroyé abolition de tout ce qui avait été fait à son déplaisir et contre sa volonté, pour avoir aidé, servi et favorisé ledit duc depuis la paix de Pontoise ; lesquelles déclarations sont à la charge du duc de Bourgogne, qu'il ne peut les tolérer comme étant contraires à son honneur ; lesdits ambassadeurs demandent donc que lesdites lettres soient modifiées sur ce point.

A ces observations le duc de Guyenne a fait répondre et répond que cette ordonnance a été faite après grande et mûre délibération du conseil, qu'elle a été rédigée après que plusieurs conseillers du roi, du duc de Guyenne, du duc de Bourgogne, du duc de Brabant, de la comtesse de Hainaut et des députés des trois états du pays de Flandre eurent conféré sur les termes employés dans la minute ; que depuis elle a été approuvée par le duc de Brabant, par les conseillers et ambassadeurs du duc de Bourgogne et par 'les députés des trois états de Flandre au nom et comme procureurs suffisamment fondés du duc de Bourgogne ; à ce titre et en leurs noms privés, cette ordonnance a été approuvée et *jurée* par eux tous en la présence de tous sur la croix et sur les saints Évangiles : et semblablement en la même manière *jurée,* par les autres seigneurs du sang du roi et autres se trouvant auprès de lui ; depuis elle a été publiée dans la ville de Paris, partout le royaume et au dehors, envoyée au saint concile, au roi des Romains, en Angleterre, en Espagne, en Écosse et ailleurs. Pour ces motifs et pour plusieurs autres considérations qui ont été indiquées auxdits ambassadeurs, l'intention du duc de Guyenne n'est pas qu'il y soit apporté aucune *mutation* ni aucune correction.

En outre, lesdits ambassadeurs du duc de Bourgogne ont demandé l'annulation de l'exception des cinq cents personnes exclues desdites lettres d'abolition générale.

Le duc de Guyenne fait répondre et répond qu'en considération de ce que le duc de Brabant, la comtesse de Hainaut et les députés des trois états se sont grandement employés au bien de la paix du royaume ; que ces derniers, pour montrer leur obéissance au roi et au duc de Guyenne, avaient fait les serments prescrits par ladite ordonnance, il avait, à la requête du comte et de la comtesse de Charolais, du duc de Brabant, de la comtesse de Hainaut et des trois états du pays de Flandre, *modéré ledit nombre de V^c personnes réservées,* et les avait *ramenées* au nombre de deux cents. Encore a-t-il ferme et sûre espérance que si le duc de Bourgogne faisait les serments prescrits par ladite ordonnance et « *se gouvernoit envers le Roy et luy comme il appartenoit, qu'il lui donroit et quitteroit les aultres II^c et que par ce il quitteroit toutz lesdits V^c réservés de ladite abolicion, et aincores a mondit seigneur de Ghienne ceste volonté en faisant par mondit seigneur de Bourgoingne son devoir sur ce que dict est* ».

De plus, lesdits ambassadeurs ont demandé que les bannis réservés et exceptés de ladite abolition y soient compris de manière à ce qu'elle soit générale, sauf pour sept personnes.

A quoi le duc de Guyenne fait répondre et répond que ladite exception a été faite par lui après mûre et grande délibération du conseil et non sans motifs, même à l'égard de ceux qui ont offensé les personnes du roi, de la reine et la sienne, et auxquels il ne veut ni ne doit faire ni grâce ni pardon et encore moins accorder l'abolition générale. Ce n'est pas l'intention du duc de Guyenne de comprendre en masse tous les bannis dans ladite abolition ; mais si le duc de Bourgogne fait ledit serment et son devoir en observant ladite paix, s'il adresse des requêtes spéciales relatives aux bannis pour lesquels il a une affection particulière, le duc de Guyenne fera si bien que le duc de Bourgogne obtiendra satisfaction.

De même, lesdits ambassadeurs ont demandé qu'on supprimât de ladite ordonnance la clause mentionnant les personnes qui devaient être éloignées des hôtels du roi, de la reine, du duc de Guyenne, de la bonne ville de Paris et des autres villes du royaume, de façon à ce que lesdits *eslongnés* puissent venir et retourner dans les lieux où ils habitaient.

A quoi le duc de Guyenne fait répondre et répond que c'est pour aucunes considérations raisonnables que ladite clause a été insérée dans ladite ordonnance. Toutefois, il s'est montré *libéral* sur ce point, et à plusieurs desdits *eslongnés,* qui lui en ont fait la demande, il a accordé des lettres leur permettant de retourner aux lieux de leur résidence ; il n'a guère refusé cette permission à aucun de ceux la lui ayant demandée ; son intention est encore de *procéder libéralement au regard des particuliers qui le requerront selonc l'exigence du cas et la qualité des personnes ; et ce en fera tant que Monseigneur de Bourgoingne en deverra estre content par raison.*

De même, lesdits ambassadeurs ont demandé d'avoir des lettres de *réparation* de l'honneur du duc de Bourgogne en forme due et convenable.

A quoi le duc de Guyenne fait répondre et répond que pour rédiger lesdites lettres en due forme afin de garder l'honneur du roi, du duc de Guyenne et du duc de Bourgogne, ont été commis plusieurs *vaillans et notables hommes* par le roi et par le duc de Guyenne, ainsi que des conseillers du duc de Bourgogne, du duc de Brabant, de la comtesse de Hainaut et des trois états de Flandre, par lesquels la minute desdites lettres a été dressée après qu'ils eurent sur ce conféré pendant plusieurs jours ; finalement, ils s'arrêtèrent à la rédaction desdites lettres conformes à celles remises aux gens du duc de Bourgogne. Il est certain que ces lettres ainsi rédigées ont été acceptées et reçues *amia-*

blement par le duc de Brabant, par les conseillers du duc de Bourgogne, par ceux de la comtesse de Hainaut et par les députés des trois états de Flandre jusqu'au nombre de trente-deux *sages et notables personnes, procureurs souffisamment fondés de mondit seigneur de Bourgongne. Et n'est pas l'intencion de mondit seigneur de Ghienne de faire aucune mutacion ou correction esdictes lettres.*

En outre, le duc de Guyenne a chargé expressément lesdits ambassadeurs de dire de sa part au duc de Bourgogne, de renvoyer de sa compagnie et de ses terres et pays les bannis qui s'y trouvent, particulièrement ceux qui ont offensé le roi, la reine et ledit duc de Guyenne, et de faire partir les gens d'armes qu'il tient sur les terres du roi ; et, avec ce, que ledit duc de Bourgogne délivre pleinement (*à plain*) et lui renvoye, sans délai, un de ses sergents d'armes nommé Robin Folie, maître Henry de Béthisy et d'autres gens du roi et dudit duc de Guyenne qu'il détient ou fait détenir en prison : si le duc de Bourgogne ne les fait pas mettre en liberté, le duc de Guyenne en éprouvera un très grand déplaisir et y avisera ainsi qu'il conviendra pour garder l'honneur du roi et le sien.

De plus, le duc de Guyenne charge expressément lesdits ambassadeurs de dire au duc de Bourgogne, de sa part, de ne faire, ni procurer les moyens de faire *grief, moleste, dommage, ne empeschement* en aucune manière au duc de Bar, ni aux siens, ni à ses terres et sujets pour avoir fait délivrer les ambassadeurs du roi et du duc de Guyenne qui avaient été pris en venant du saint concile, ni aussi à cause de la prise et démolition du château de Sancy appartenant, dit-on, à Henry de la Tour, l'auteur principal de la capture desdits ambassadeurs, ni à l'occasion de la prise des compagnons dudit Henry de la Tour, complices de son méfait, ni pour *autre cause ou occasion,* car s'il le faisait le duc de Guyenne en éprouverait un très grand déplaisir et y pourvoirait afin de garder l'honneur du roi et le sien.

De même, le duc de Guyenne a aussi chargé expressément lesdits ambassadeurs de dire au duc de Bourgogne que *réelment et de fait et sans délay,* il donne mainlevée et délivre toutes les terres, rentes et revenus du duc de Bar, du comte de Marle, du comte de Tonnerre et de ses frères, du seigneur de Gaucourt, du seigneur de *Roussay et aultres quelconques que il a empeschiés, ainsy que par la teneur des lettres de ladicte paix faire le doit.*

Toutes lesquelles choses en la manière qu'elles sont ci-dessus écrites, ledit duc de Guyenne a dites et commandées de bouche très expressément auxdits ambassadeurs d'exposer au duc de Bourgogne au nom du roi et au sien, afin qu'il sache qu'elles proviennent et procèdent de sa volonté et de son bon plaisir. Ledit duc de Guyenne a signé ce présent rôle de sa main et y a fait mettre son scel secret. Donné à Paris, au château du Louvre, le 29ᵉ jour du mois de juin, l'an de grâce 1415. Signé : Loys([1]).

A ce rôle était joint un projet de lettres du roi Charles VI par lesquelles il reconnaissait Jean, duc de Bourgogne, pour son bon parent, vassal et sujet. Il y était déclaré aussi par le roi « *puis aucun temps en ça avons tenu et réputé nostre très chier et très amé cousin Jehan, duc de Bourgoingne, conte de Flandres, d'Artois et de Bourgoingne, pour rebelle et désobéissant à nous et nostre ennemi et adversaire ; et il soit ainsi que nous estions nagaires transporté en ost à grant assamblée de gens d'armes et de trait devant la ville d'Arras, soient illecques venuz devers nous de par nostre dit cousin de Bourgoingne, en très grant révérence et humilité, nos très chiers et très amez cousin et cousine le duc de Brabant et la contesse de Haynau, et noz bien amez les députéz de par les Trois Estaz du pays de Flandres, ayans procuracion et puissance de nostre dit cousin de Bourgoigne, lesquelx pour icellui nostre cousin de Bourgoingne nous exposèrent ses excusacions et*

---

1. Archives du Nord. Chambre des comptes de Lille. B, 311. Nᵒ 15362 du trésor des chartes. Deux copies du temps, sur papier. Pièce justificative nᵒ XVIII.

aussi les grande et entière voulenté et affection qu'il avoit en-
vers nous, et nous firent telle obéissance que en feusmes con-
tens, et dès lors eussions icellui nostre cousin receu en nostre
amour et bonne grâce, et, avec ce, ayons ordonné paix entre
tous noz subgés. Savoir faisons que icellui nostre cousin de
Bourgoingne nous tenons et réputons et voulons estre tenu et
réputé doresnavant par tous pour nostre bon et loyal parent,
vassal, subjet et bienvueillant de nous, nonobstant nosdictes
autres lettres, lesquelles (¹), *doresnavant nous ne voulons estre*
d'aucun effect, ni préjudicier à ces présentes. Et deffendons à
tous noz subgés quelcunques par ces présentes, sur peine
d'encourir nostre indignacion, que, pour occasion de nosdictes
lettres, ne autrement, ils ne dient ou facent aucune chose à la
charge, blasme ou deshonneur de nostre dit cousin de Bour-
goingne en quelque manière que ce soit. Si donnons un man-
dement, etc. (²). »

Le duc de Bourgogne accepta et les déclarations du duc
de Guyenne et le projet des lettres du roi qui en étaient
comme le corollaire, les estimant destinées à remplacer
celles du 2 février précédent, contre lesquelles il n'avait pas
cessé de protester. En fait, il obtenait presque complète
satisfaction, puisque le nombre des fameux *exceptés* de l'abolition générale, qui s'élevait primitivement à cinq cents, avait
été successivement réduit et ne comprenait plus que sept
personnes ayant gravement offensé le duc de Guyenne, le
roi ou la reine. Des grâces particulières avaient été ou devaient être accordées à tous les autres *exceptés* qui en fe-
raient la demande. De cette manière, le prestige de l'autorité
royale était sauvegardé.

Ainsi finirent ces longues négociations qui avaient duré
près de dix mois. Elles procurèrent à la France à peine

1. Les lettres du 2 février 1415 analysées ci-dessus.

2. Archives du Nord. Chambre des comptes de Lille. Art. B, 311, n° 15302 du trésor des chartes. Copie sur papier ; écriture du temps.

deux années de paix intérieure qu'allait assombrir encore quelques mois plus tard le désastre d'Azincourt ([1]).

1. Le compte de la recette générale des finances de l'année 1414-1415 dressé par Pierre Macé (archives du Nord, B, 1903) renferme quelques mentions intéressantes relatives à la paix d'Arras, aux négociations qui la suivirent et aux hostilités qui l'avaient précédée, entre autres (f° 82, recto) : « A messire Guillaume, seigneur de Bonnières et de la Thieuloye, chevalier, conseiller et chambellan de mondit seigneur et son gouverneur d'Arras, la somme de deux cens soixante treize frans, monnoye royal, en quoy mondit seigneur estoit tenu à lui, pour les parties et voyages par lui fais en la manière qui s'ensuit : C'est assavoir pour estre alé de son hostel d'Arras au Quesnoy-le-Conte devers madame de Haynau qui l'avoit mandé aler devers elle pour causes de certaines lettres qu'elle avoit reçues de monseigneur de Guienne et de mondit seigneur qui grandement le touchoient, où il vaqua, tant alant, besongnant que retournant, depuis le VIII° jour de novembre MCCCCXIIII jusques au XII° d'icelui, où sont tout incluz V jours. *Item*, pour estre alé, du commandement et ordonnance de mondit seigneur, en la compaignie de monseigneur de Croy et de monseigneur le gouverneur de Lille, à Montreul-sur-la-Mer pour besongner avec le bailli d'Amiens et autres des gens du Roy sur aucunes choses dont les dessus nommez estoient chargiez de par mondit seigneur où il vaqua tant alant, venant comme retournant à son dit hostel depuis le XVIII° jour dudit mois de novembre jusques au XXII° jour d'icellui, où sont tout incluz V jours. Et pour de rechief estre alé de son dit hostel par le commandement de mondit seigneur, en la compaignie de monseigneur de Brabant, de madame de Hainau, de monseigneur l'evesque de Tournay et des députéz des Trois Estas du pays de Flandres, à Compiengne, Senlis, Saint-Denys et Paris pour l'accomplissement du traictié de la paix, encommancé par le Roy devant la ville d'Arras, et de là estre retourné en la compaignie de mes dits seigneurs, à Tournay. » *Item*, f°s 109 et 110 recto. Dons et récompenses : « Aux religieux, abbé et couvent du Mont Saint-Éloy-les-Arras, la somme de deux cens frans, en déduction et rabat de la somme de VIII° livres tournois, laquelle mondit seigneur par ses lettres faites et données à Cambray le V° jour d'octobre oudit an MCCCCXIIII, en regard et considération à ce que ladite église a esté et est fondée par ses prédécesseurs, dont Dieu ait les âmes, et si grandement édifiée que ilz et leurs successeurs, gens et famille y ont esté bien et honorablement logiés et receuz quand il leur a pleu, et par eulx telement donné en rentes, revenues et possessions annueles et perpétueles admorties que le divin service y a esté continuelement et solennelement fait et célébré jusques à la Saint-Jehan-Baptiste audit an mil CCCCXIIII ou environ, que pour occasion des guerres qui avoient esté audit pays d'Artois, il avait convenu lesdits religieux d'ilec départir et délaissier à faire ledit divin service durant lequel temps et pendant ce que le siège avoit été mis et tenu par les ennemis du Roy et de mondit seigneur devant la ville d'Arras, y ceulx ennemis avoient fait et porté à ladicte abbaye et aux diz religieux, dommage de XV^m frans ou plus, tant par ce qu'ilz avoient descouvert ladicte église et les édifices d'icelle du plomb dont elle estoit notablement couverte, et y celui plomb emporté, comme parce qu'ilz avoient aussi leurs maisons, granges des champs, toutes destruites et les eaues de ladicte église laissées courir, dont y ceulx religieux avoient chascun an leur sustentation. Et, en oultre, avoient prins leurs chevaulx dont ilz labouroient leurs terres et tous leurs grains estans auxdits champs et ailleurs, desquelz ils devoient pour ladicte année vivre, et y ceulx avoient entierement dégastez, dissipez et adnullez, telement que lesdits religieux n'avoient plus de quoy ilz peussent vivre, ainçois, tant en chief comme en membres, estoient cheuz eu tele nécessité et povreté qu'ilz estoient en voye qu'il leur convenist délaissier l'abitacion de ladicte église ; qui eut esté très grant pitié, attendu que c'estoit la plus belle église de toute ladicte contéé d'Artois et que ledit divin service se chessast en y celle, dont lesdits prédécesseurs de mondit seigneur, fondeurs (sic) d'icelle, eussent esté fraudez de leur intention ; et convenoit que lesdiz religieux alaissent quérir leur vivre en mandicté en divers pays. » *Item*, f° 110, verso : « A Jehan de Gand, clerc de maistre Thierry Gherbode, conseiller de mondit seigneur, la somme de

PIÈCES JUSTIFICATIVES

—

I

**Ce sont les choses que veult faire et accomplir monseigneur le
duc de Bourgoingne pour venir et demourer en la bonne grâce
du Roy, son souverain seigneur.**

(Sans date ; août 1414.)

Pour ce que mondit seigneur de Bourgoingne a senti que le Roy,
son souverain seigneur, est aucunement indigné contre lui, dont il est
tant dolant et courroucié que plus ne porroit estre, il suppliera au Roy
en toute humilité qu'il lui plaise de sa grâce oster de son cuer toute
indignacion qu'il y porroit avoir conceu a l'encontre de lui et le recevoir
en sa bonne grâce et amour, car il ne pensa oncques à faire chose que
lui deust desplaire, ains a tout temps esté, est et sera tant comme il
vivera prest et appareillié d'emploïer en son service son corps, ses
parens, amis, subgés, serviteurs et bienvueillans et toute sa puissance
comme son très-humble parent et son bon et loïal vassal, subget et
serviteur.

Item, pour ce que mondit seigneur de Bourgoingue a entendu que
le Roy, son souverain seigneur, qui presentement est en armes veult
avoir obéissance de lui et de ses pays, il, qui désire de tout son cuer
l'onneur du Roy estre gardé, et qui lui veult servir, obéir et faire son

cinquante frans, monnoye royal, laquelle mondit seigneur par ses lettres faictes et données au Quesnoy le XVIe jour d'octobre audit an mil CCCCXIIII, lui a donné de sa
grâce spécial pour une fois, pour considération des grans paines et travaulx qu'il avoit
eus et souffers en la compaignie de maistre Henry Gœdals, doyen de Liège, conseiller de
mondit seigneur, à faire plusieurs lettres, copies et inscriptions et autrement pour le
fait de la paix lors faicte devant la ville d'Arras, pour laquelle paix ledit doyen a tousjours principalement esté occupé et embesongné, et pour ce prins avecques lui ledit
Jehan, comme contenu est esdictes lettres. »

plaisir de tout son povoir, offre au Roy en toute révérence les choses qui s'enssuivent : c'est assavoir : porter devers lui les cleifs de sa villé de Bapaulmes et que se il lui plaist envoïer aucuns de ses officiers gracieusement en ladicte ville et en ses autres villes et forteresses, ouverture leur sera faicte pour et ou nom du Roy, et y seront receuz en bonne obéissance. Et supplie au Roy très-humblement que de ce, toutes choses considérées, lui plaise de sa grâce estre content.

Item, supplie au Roy, que pour abrègement de ceste matière et pour oster toutes difficultez qui pourroient en ce avenir, lui plaise de sa grâce que les choses dessus dictes se accomplissent par monseigneur de Brabant, son frère, fondé sur ce de bonne et souffissante procuracion.

Item, se ceste voye ne soufist au Roy, mondit seigneur de Bourgoingne a chargié à messeigneurs et dame de Brabant et de Haynnau de ouvrir une autre seconde voye par semblable intitulacion comme cy dessus est dit et par semblable article pour le premier comme est le premier article de la voye précédente cy dessus escripte, et pour le second article un article tel qui s'enssuit prochainement, dont le pareil et non autre fu usé devant Bourges pour la partie de monseigneur de Berry et ceulx de la bende, et le tiers article sera tel que le IIIe article de ladicte première voye.

S'enssuit le second article de ladicte seconde voye :

Item, pour ce que mondit seigneur de Bourgoingne a entendu que le Roy, son souverain seigneur, qui présentement est en armes, veult avoir obéissance de lui et de ses pays, il, qui désire de tout son cuer l'onneur du Roy estre gardé et qui lui veult servir, obéir et faire son plaisir de tout son povoir, offre bailler les clefs et faire ouverture au Roy ou à monseigneur de Guïenne pour le Roy, de la ville de Bapaulmes et pareillement sera fait de toutes autres villes et chasteaulx que il tient du Roy desquelx il voldra avoir ouverture ; et supplie au Roy très-humblement que de ce, toutes choses considérées, lui plaise de sa grâce estre content.

Pour ce que monseigneur de Bourgoingne a senti que le Roy, son souverain seigneur, est aucunement indigné contre lui, dont il est tant dolant et courroucié que plus ne porroit et que il a affirmé à monseigneur de Brabant, son frère, que onques n'ot pensée de faire chose qui deuist desplaire au Roy, ains à tout temps est et sera tant comme il

vivera prest et appareillié de emploïer à son service son corps, ses
parens, amis, subgés, serviteurs et bienvueillans et toute sa puissance
comme son très-humble parent et son bon et loyal vassal, subget et
serviteur. Mondit seigneur de Brabant suppliera au Roy pour mondit
seigneur de Bourgoingne, son frère, en toute humilité, qu'il lui plaise
à sondit frère faire tant de grâce que de oster de son cuer toute indignacion que il pourroit avoir conceu à l'encontre de lui et le recevoir
en son amour.

Item, pour ce que mondit seigneur de Bourgoingne a entendu que
le Roy, son souverain seigneur, veult avoir de lui et de ses pays plus
ample obéissance, monseigneur de Brabant offerra pour mondit seigneur de Bourgoingne de baillier et présenter au Roy les clefs de la
ville de Bapalmes, en offrant au Roy ou à mondit seigneur de Guïenne
ou à ses commis de faire ouverture de ladicte ville et des autres villes
et forteresses de mondit seigneur de Bourgoingne tenues du Roy, tellement qu'il plaise au Roy de y commettre aucuns de ses officiers
royaulx ausquelx on fera ès dictes villes, ouverture et bonne obéissance, avec ce que lesdiz commis ou autres que il plaira au Roy de y
commettre, se il lui plaist receveront les seremens des bailliz, prévostz,
capitaines, vassaulx et autres officiers des villes et forteresses de tous
les seigneurs du sang du Roy de estre bons obéissans au Roy et à
monseigneur de Guyenne, son ainsné filz, au nom du Roy, et de non
aidier, ne conforcer ou armer avec lesdiz seigneurs ne aucun d'eulx
contre le Roy ou mondit seigneur de Guyenne en quelque manière
que ce soit, pourveu que leurs dis subgés et vassaulx demeurent subgés
et obéissans à eulx pour les deffendre contre ceulx qui à main armée
ou par autre manière desraisonnable les voldroient nuyre ou grever/.

*Ou cas qu'il plaira au Roy estre content des offres de monseigneur de
Bourgoingne et condescendre à sesdictes supplications, monseigneur de Brabant et ma Dame de Haynnau lui supplieront qu'il
veulle pourveoir à mondit seigneur sur les poins et articles qui
s'enssuivent, car il ne deveroit pas voloir que il demourast foullé
de son honneur, ne ses gens destruis et déchaciez.*

Premièrement, sur ce que mondit seigneur a esté par lettres envoyées
par tout ce royaulme et ailleurs et par autres manières, tant en prédicacions comme autrement, moult foullé, injurié et villené comme chascun scet, qu'il plaise au Roy qu'il soit réparé en son honneur en bail-

lant sur ce lettres patentes en grant nombre par la meilleure fourme et manière que faire se pourra au relièvement de son honneur et pour envoïer partout où bon lui semblera.

Item, sur ce que plusieurs ses vassaulx, subgés, serviteurs, aliez et adhérens ont esté et sont grandement grevez et adommagiez de leurs seignouries, terres et biens qui ont esté et sont encores prins et occupez et les aucuns donnez et transportez à plusieurs et diverses personnes comme chascun scet : supplieront que sur ce soit pourveu tellement que chascun soit restitué au sien, et que sur ce soient faictes bonnes lettres comme dessus.

Item, sur ce que plusieurs notables gens et bons serviteurs du Roy et de mondit seigneur et plusieurs habitants de bonnes villes et autres ont esté bannis et bouté hors de leurs lieux ou contempt de mondit seigneur et pour lui faire desplaisir : supplieront que tous tels bans soient adnullez et mis au néant comme non advenuz et chascun puisse revenir seurement sur son lieu et joïr de ses biens.

Item, pour ce que plusieurs porroient estre ou temps avenir poursieviz et traveilliez soubz umbre de justice ou autrement pour ce qu'ilz ont servi ou favorisié mondit seigneur où qu'ilz ont fait prinses, guerre ou entreprinses, ou tenu forteresses en sa faveur : supplieront que sur ce soit pourveu et par bonnes lettres comme dessus, tellement que toutes telles choses soient abolies et que chascun en demeure quitte et paisible à tous jours.

Item, et sur ce que plusieurs personnes ont esté déboutées et despointiées de leurs offices en hayne de mondit seigneur de Bourgoingne, et que, pour occasion de ces offices, pourroient en temps avenir sourdre et advenir plusieurs grans débas et divisions : supplieront que sur ce soit pourveu convenablement et par bonnes lettres comme dessus, en remettant les déboutez et despointiez en leurs offices ou au moins en remettant les dis offices en la main du Roy pour en ordonner par bonne fourme et manière au bien du Roy et de son royaulme.

Item, sur ce que plusieurs estraingnes et diverses ymaginacions porroient estre se aucuns des seigneurs du sang du Roy demouroient entour lui et les autres en fussent eslongiez et reculez : supplieront que sur ce soit convenablement pourveu au bien du Roy et de la paix de son royaulme, et porroit estre ladicte provision telle que chacun demourast en son pays au moins jusques à ce que les choses seroient mieulx appaisiées.

ADVIS

PREMIÈREMENT, de faire savoir par la Royne ou autre personne qu'on saura estre bien de monseigneur de Guïenne et s'il a promis aucunes choses secrètes à monseigneur de Brabant ou à ma Dame de Haynnau tant en leurs noms comme ou nom de monseigneur de Bourgoingne et quelles ?... sur la déclaracion des articles du traitié, desquels le Roy a réservé à en ordonner et faire à la volenté de lui et de monseigneur de Guïenne et desquelz aussi ledit de Bourgoingne se soubzmet à la volenté de mondit seigneur de Guïenne.

Item, et que ce sceu, on face tant que la Royne par sa bonne discrécion, mette paine de faire à mondit seigneur de Guïenne déclairer sa volenté sur les articles.

Item, que ladicte déclaracion faicte, soient dudit traitié faictes lettres par bon conseil et publié par tout ce royaulme.

Item, s'il semble qu'il y ait aucune souspeçon sur le chevalier du guet que on le devroit changier et prendre un chevalier seur et féable qui eust lieutenant de sa condicion.

Item, pour ce que ou Chastelet ou doivent estre plusieurs commissaires, advocaz et procureurs aucunement suspects ès matières, que sur ce on pourvoie comme il semblera à faire.

Item, que semblablement le capitaine de Paris deveroit avoir en sa compaignie pour la garde et seurté de la ville de Paris aucun nombre de gens d'armes et de trait telz qu'il sembleroit bon jusques à tant que les choses fussent mieulx appaisiées.

Item, qu'on deveroit pourveoir au gouvernement des finances de ce royaulme et semble qu'il souffiroit de trois généraulx bien esleuz et de deux trésoriers.

Item, qu'on deveroit aviser et pourveoir à ce que le Roy et monseigneur de Guïenne eussent officiers qui ne fussent pas tout d'un pays.

Item, semblablement que l'Université et ceulx de la ville de Paris deveroient requérir au Roy que on ne fesist aucunes graces à ceulx qui ont esté banniz et oultre plus qu'on fesist vuidier leurs femmes hors de Paris et qu'il ne fust point d'abolicion générale.

Item, qu'on deveroit punir partout ce royaulme ceulx qui ont désobey au mandement du Roy, au moins ceulx qui ne sont point vassaulx, ne serviteurs du Duc de Bourgoingne nuement.

Item, de requérir réparacion des faultes et attemptas faictes contre et depuis le traitié.

Item, samble qu'on deveroit aviser par quelle manière on porra vuidier les gens d'armes hors de ce Royaulme.

Item, de savoir se le Conte d'Alençon voldra tenir son alliance avec nosseigneurs.

Item, de adviser toutes les manières qu'on porra pour faire demourer pardeçà monseigneur d'Armignac.

Item, qu'on avise certain nombre de bons conseillers et secrétaires.

Item, que l'on se infourme d'aucuns que l'on dit estre autour du Roy qui prendent pencions du duc de Bourgoingne ou qu'il ont serement à lui et que l'on y pourvoye sans dissimulacion.

Item, et qu'on voye quelx dixainiers, cinquanteniers et quarteniers il y a à Paris, et s'ilz ne sont bons, qu'on y en mette des nouveaulx.

Item, que le Roy ait en sa compagnie C hommes d'armes et L hommes de trait bien esleuz, ou tel autre nombre qu'il semblera estre prouffitable.

Item, que nosseigneurs baillent chascun un chevalier et un clerc pour aviser et conférer ce qu'il sera bon à faire pour le rapporter à nosseigneurs.

Item, de aviser manière comment on porra entretenir le Roy de Sezille, le Duc de Bretaigne et le Conte de Savoye.

Item, semblablement de l'Empereur, qu'on s'en aide de ce que l'on porra.

Item, semblablement qu'il est de nécessité de entretenir le chemin de Loraine.

Item, de faire ordonnances en parlement et en la Chambre des Comptes et de y pourveoir de bonnes gens.

Item, de pourveoir à tous les bailliages, sénéschauchiées, capitaines de villes et de forteresses, gardes de pors et de passages, advocaz et procureurs du Roy, et qu'ilz demeurent sur les lieux.

Item, d'aviser quelx gens tant de parlement comme de la Chambre des Comptes et de l'Université seront convenables pour estre mandez au Conseil.

Item, qu'on face diligence d'avoir le Crotoy et Chinon et commettre à la garde bonnes personnes.

Item, qu'on advise quelz gens seront ordonnez pour prendre les possessions et saisines des villes et chasteaulx du duc de Bourgoingne par la fourme et manière qu'il est ordonné ou traitié, de faire une minute de la lettre par laquelle le Duc de Bourgoingne renunce à toutes alliances qu'il a avecques les Englois et qu'il promette d'en jamais faire aucunes sans le consentement du Roy, par mariage ne autrement.

Item, de recouvrer du duc de Brabant et de la Contesse de Haynnau et des IIII membres de Flandres les lettres des promesses et seremens qu'ilz ont fait par ledit traitié et de les y faire oblegier par la plus forte manière que faire se porra.

Item, d'aviser se par aucune manière on porroit mettre interdit sur le Duc de Bourgoingne et sur ses pays et seignouries ou cas qu'il ou aucun d'eulx iront à l'encontre ludit traitié et se le pape de son office pour le bien du royaulme à l'entretenement de la paix sans requeste d'aucun, le porroit faire.

Item, de faire baillier au garde des chartres l'original de la procuracion desdiz duc et contesse et des députez de Flandres et aussi le traitié du conte de Nevers.

Item, d'aviser comment l'on porra entretenir monseigneur de Guïenne et d'oster d'entour lui tous ceulx qui porroient empescher.

Item, que aux despens du Roy on avise et pourvoye, ès pays du duc de Bourgoingne, de gens qui soient chargiez de diligemment faire savoir de son estat à ceulx que on y avisera et ordonnera et que les dictes gens seront notables et seurs et qu'on commette à faire ceste despense.

Item, semble qu'on deveroit parler à maistre Guillaume Beaumens, ou à aucun autre de l'Université pour savoir par quel manière on porroit porter dommage au dit de Bourgoingne ou cautelle convenable par l'auctorité et office du Pape sur le fait de l'érésie, supposé ores que le Roy ne voloist aucune chose faire poursievir.

Item, et qu'on deveroit poursievir au fait de Chaumont de messire Jehan Benedicte et des audres qui ont autreffois eu congié et garder quelles gens parlerons au Roy.

Item, qu'on deveroit oster etc. et que seroit conclu de ainsi le faire, semble que l'exécucion faire se devroit par tout le Royaulme tout en un jour et qu'il fust mandé aux bailliz etc. et que chascun en sa juristion le feist ainsi et qu'on le tenist secret jusques au jour etc. et que la practique plus en particulier fust advisée pardeçà et envoïée ausdiz bailliz.

Item, qu'on devroit mander aux commissaires de la réformacion qu'ilz procédassent alencontre des gens qui ont puissance pareillement que contre les povres etc.

Item, que doresnavant monseigneur le Chancelier ait avec lui gens féables par lesquelz il face exécuter ce qui sera délibéré et conclu en conseil et qui lui appartiendra de faire exécuter.

Item, de aviser dès maintenant la practique pour avoir un recteur à nostre poste.

Item, d'aviser aux entreprinses d'aucuns maistres de l'Université que on dit vouloir commenchier certain procès contre maistre Jehan Jarçon pour le fait de la proposicion de feu maistre Jehan Petit.

(Archives du Nord. Chambre des comptes de Lille. Art. B. 311. N° 15270 du trésor des chartes. N° 4; trois pièces en papier, non datées, écriture du temps.)

II

Lettre de Thierry Gherbode, conseiller du duc de Bourgogne et garde de ses chartes, informant son maître de la conclusion des préliminaires de la paix, arrêtés au camp devant Arras, entre le duc de Guyenne, d'une part, le duc de Brabant et la comtesse de Hainaut, représentants du duc de Bourgogne, de l'autre.

(4 septembre 1414.)

Nostre très redoubté seigneur. Nous nous recommendons à vous tant et si très humblement comme plus povons. Et vous plaise savoir nostre très redoubté seigneur que au jour d'uy, environ IX heures en la nuyt

la paix fut fecte et pronunciée publiquement de par le Roy par la
bouche de monseigneur le Chancelier de France en la présence de
monseigneur de Guienne par certaine manière grandement à vostre
honneur, laquelle nous vous rapporterons à nostre retour pardelà.
Laquelle paix jurée premièrement par monseigneur de Brabant,
madame de Haynau, voz frère et seur, et par nous en vostre nom, de
l'entretenir sans enfreindre, mondit seigneur de Guienne fist jurer à
monseigneur le duc d'Orléans, messeigneurs les contes d'Alençon, de
Richemont, de La Marche, de Vendosme, de Marle et de Roussy,
messeigneurs les Chanceliers de France et de Guienne, l'archevesque
de Sens, l'évesque de Laon et plusieurs autres grans seigneurs, barons,
chevaliers, escuiers et autres estans ens à la dite prononciacion en
grand multitude, qui tous en criant à haulte voix Noël et estoient très
joyeux. Et promist mondit seigneur de Guienne de le tenir et faire
tenir et jurer à tous ceulx du sang estans pardeça qui estoient absens
à ladicte prononciacion avant son partement de cy et lui venu à Paris
vers les autres pour seurté de la dicte paix, lesquelles choses ainsi
faictes, icellui monseigneur de Guienne fist commandez que chascun
ostat sa bande et le saultoir, et deffendre sur le hart et que de l'une
partie sur l'autre, l'on ne deist doresenavant aucunes parolles injurieuses
ou blamables comme Bourguignons ou Armignaz, ou chantast chan-
çons ne autres quelxconques en quelque manière que ce soit, et qu'on
ne fesist plus prinse l'un sur l'autre et généralement que tout fait de
guerre se cessast et que tous feussent bons amis ensemble. Et assez tost
après, nous prins congié de mondit seigneur de Guienne, qui nous
commanda de vous escripre que pareillement vous feissiez cesser tout
fait de guerre hors de voz forteresses. Vers minuigt alasmes en la compaignie de mesdits seigneurs et dame, voz frère et suer, à l'une des
portes d'Arras devers la cité pour senefier à ceulx d'icelle ville ladicte
paix. Affin que par eulx ne fust importunément fait à l'encontre et
aussi que en signe de ladicte paix ils feissent sonner les cloches en
ladicte ville, selon ce que par mondit seigneur et ceulx de son conseil
avoit esté requis. Et demain seront porté au Roy les clefs de ladite
ville et fait ouverture d'icelle, selon la fourme de ladicte paix. Et
quant au sourplus du traitié d'icelle, nous le vous rapporterons si tost
que porrons. Et pensons bien que autant vous en avera esté ou est
escript de mesdis seigneurs et dame, voz frère et seur, autre chose ne
vous pouriens que escripre de présent, fors qu'il nous sembleroit bon
et expédient nostre très redoubté seigneur s'il vous plaisoit d'escripre
à mondit seigneur de Guienne lettres gracieuse et de mercy en la meilleure fourme que faire se porra, car en tout ce que nous avons peu

appercevoir, il s'est monstré et est vostre bon et vray ami et filz. Nostre très redoubté, etc., le Seigneur.

(Archives du Nord. Chambre des comptes de Lille. Trésor des chartes.
Supplément. B. 311.)

III

(*Au dos*) : Cest une copie de la response du Roy et de monseigneur de Ghienne faicte en octobre anno IIIIᶜ et XIIII aux depputés de monseigneur et Dame de Brabant et Haynnau et des III Estas de Flandres.

(8 octobre 1414.)

Le lundi VIIIᵉ jour d'octobre IIIIᶜ et XIIII, monseigneur le Duc de Guïenne lors estant à Saint Denis fist respondre par la bouche de monseigneur le Chancelier de France, présens messeigneurs les Ducs de Berry, d'Orléans, de Bourbon et de Bar, les contes de Richemont, de Vertuz, d'Eu et de Vendosmes, les chanceliers de Guïenne et d'Orléans, les archevesques de Sens et de Bourges, les évesques de Chartres, de Laon et de Quarquaçonne, le maistre des arbalestriers, les seigneurs de Torcy, de Boissay, de Bacqueville, de Calleville, de Mouy et de Lonroy, messire Regnault d'Angesnes et plusieurs autres du Conseil du Roy et autres, aux gens du conseil de monseigneur de Brabant, de ma Dame de Haynnau et aux députez des Trois Estaz du pays de Flandres, sur la requeste paravant par eulx faicte à mondit seigneur de Guïenne en la ville de Senlis, tant pour avoir l'abolicion générale etc. comme journée briève en lieu convenable hors de Paris pour entendre à faire les lettres de la paix et aussi aux seurtez d'icelle : pourtant que lesdiz du Conseil et députez n'estoient venuz chargiez, ne avoient povoir de monseigneur de Bourgoingne d'entrer et conclure en ceste besoigne ; que les gens d'icellui monseigneur de Bourgoingne souffissamment fondez à ce faire et accomplir aussi les gens et députez des dessusdiz pour ce qu'ilz s'estoient fait fors de mondit seigneur de Bourgoingne, leur frère et seigneur, fussent ensemble audit lieu de Senlis en dedens la Toussains prochain venant, et que eulx, venuz illec, senefiassent leur venue à mondit seigneur de Guïenne, lequel leur feroit lors savoir la place où il lui plairoit qu'ilz venissent et fussent devers lui ou ses commis et députez à ce pour entendre aux choses dessusdictes.

Item, quant à l'autre point qui fu le premier à faire ladicte requeste, c'est assavoir de l'abolicion générale, mondit seigneur fist respondre que les avant diz, venuz audit lieu de Senlis et lesdictes lettres et seurtez faictes, il en fera tant de grâce de lui-meismes et aussi de par le Roy que mondit seigneur de Bourgoingne en sera et devra par raison estre content.

Laquelle response lesdiz du Conseil et députez se chargièrent de rapporter chascun en son lieu et devers cellui dont il estoit envoïé, et de en oultre le faire savoir à mondit seigneur de Bourgoingne./·

(Archives du Nord. Chambre des comptes de Lille. Nouveau B. 311 : n° 15270
du trésor des chartes ; copie en parchemin.)

IV

(*Au dos*) : **Certaines protestacions faites à Cambray par monseigneur touchant la foy, pour cause d'aucunes propositions que pour lui avoient esté faictes à Paris.**

(9 octobre 1414.)

Universis presentes litteras inspecturis, Officialis Cameracensis salutem in Domino sempiternam. Notum facimus quod in nostra, nec non notariorum seu tabellonium publicorum et testium infrascriptorum ad hec vocatorum specialiter et rogatorum presentia, personaliter comparens et constitutus illustris princeps et dominus Johannes, dux Burgundie, comes Flandrie, Arthesii et Burgundie, Palatinus, dominus de Salinis et Machlinia, quamdam cedulam papiream per venerabilem et circumspectum virum magistrum Petrum Cauchon, vice decanum ecclesie beate Marie Remensis, ibidem nomine ipsius exhibitam de verbo ad verbum legi fecit, protestatusque fuit et obtulit pro se suisque adherentibus adherereque volentibus quibuscunque et submisit prout et quam admodum in eadem continebatur et continetur, cujusquidem cedule tenor de verbo ad verbum sequitur et talis est :

Par devant vous honnourable et discrète personne l'official de Cambray et les tabellions et tesmoings ycy assistens, je Jehans, duc de Bourgongne, comte de Flandres, d'Artois et de Bourgongne, Palatin, sire de Salins et de Malinnes qui suis yssu du très-noble et très-christian sanc de France, en ensievant les très-saintes et très-catoliques sentes et voyes de mes prédécesseurs, congnois et confesse le saincte foy catholique estre vraye et saincte et que hors de ycelle aucune créature ne peut estre en voye de salvation, et en cest propos, croyance et volenté, ay tousjours esté et suy et seray, et sur ce ay aultrefois fait certaines protestations desquelles je me départ point. Item, je proteste que en et soubz ycelle saincte foy catholique, je voel vivre et morir et ycelle garder et soubstenir et faire tenir et garder par tous mes subjects et y voel aydier à tout men povoir. Item, je proteste que se par moy ou par quelconque aultre personne en ma présence ou en mon absence, en ma faveur a esté dicte et proposée ou ont esté dictes et proposées aucunne assertion, proposition ou conclusion ou aucunnes assertions, propositions ou conclusions dérogantes à la saincte foy catholique ou mal sonnans contre ycelle ou contre bonne et saincte doctrine, que mon intencion ne est point et onques ne fut de adhérer à ycelles ou préjudice de la saincte foy catholique ou de bonne et saincte doctrine. Et pour ce que j'ay de nouvel entendu que l'évesque de Paris, l'inquisiteur de la foy maistre Jehan de Jarson et pluiseurs leurs complices se sont efforchiet et efforchent de publiier pluiseurs parolles sonnans en dénigration de ma personne et de ma bonne fame et renommée et in(si)nuans que je ne voel pas garder la saincte foy catholique, et ont fait ou fait faire pluiseurs congrégations, assemblées et prédications en la ville de Paris, de laquelle l'en a débouté ceulx qui eussent pou (*sic*) et vollu soustenir et deffendre ma bonne renommée, Je, adfin de remonstrer qu'il puisse apparoir que à tort et sans cause ilz se sont efforchées contre raison de moy diffamer, bléchier et dénigrer ma bonne renommée, me submets pour moy et mes adhérens en cest cas et qui adhérer me voldront, à l'ordonnance du Saint Siège de Rome et de Nostre Tres-Saint Père Jehan XXIIIe pape universal de Saintte Église ou au concille général de saincte Église ; et offre ester à droit en cas que aucun ou aucuns me voldroit ou voldroient aucune chose dire, proposer ou allégher contre moy sur le fait de la saincte foy ou de bonne et saincte doctrine.

Quaquidem cedula perlecta, prefatus illustris princeps in propria persona protestatus fuit ut in dicta cedula continetur, et inde petiit a notariis infrascriptis sibi fieri publicum instrumentum seu publica instrumenta, et super hoc sibi per nos litteras sub signis notariorum infrascriptorum tradi et fieri testimoniales. In quorum premissorum fidem et testimonium, nos officialis prefatus sigillum sedis Cameracensis, unacum signeto nostro et signis tabellionis dictorum notariorum subscriptorum presentibus litteris ad requestam et peti-

tionem dicti illustris principis duximus apponendum. Acta fuerunt
hec in choro ecclesie Cameracensis post decantationem magne misse,
in eadem anno ab incarnatione Domini millesimo quadringentesimo
decimo quarto, indictione octava, mensis octobris die nona, pontificatus
sanctissimi in Christo patris ac domini nostri domini Johannis divina
providentia pape XXIII, anno quinto, presentibus tunc ibidem nobi-
libus ac venerabilibus et circumspectis viris dominis Johanne de
Nuefchastel, domino de Monte Acuto, Guillermo de Grantson, domino
de Peysmes, Gauchero de Reuppez, domino de Soyes et Trichastel,
necnon Guillermo de Campodiverso, Petro de Viesville, Hugone de
Lannoy, gubernatore Insulensi, Guillermo Bonnier, gubernatore Al-
trebatensi et domino Bosqueto du Bos, militibus, nec non Eustacio de
Latre, nuper cancellario Francie, Johanne Raulini, dicti principis in
curia romana procuratore, Jacobo de Mansoguichardo decano, Renero
Lamelin, Johanne Huberti, Johanne Ransardeti, nuper elemosinario
dicti domini Burgondie, canonicis, Elia du Castiel et Balduino Quarelly,
capellanis ecclesie Cameracensis, et pluribus aliis testibus ad premissa
vocatis specialiter et rogatis.

Et ego Arnulphus de Roest, clericus de Machlinia oriundus, Cameracensis diocesis publicus apostolica et imperiali venerabilis que curie
Cameracensis notarius et auditor juratus quia premissis cedule exhibitioni, lectioni protestationi, oblationi, submissioni et requisitioni
aliisque omnibus et singulis suprascriptis dum per prefatum illustrem
principem coram antedicto venerabili viro domino officiali Cameracensis prout prescribuntur agerentur et fierent, unacum eodem domino
officiali ac notariis infra et testibus suprascriptis presens vocatus interfui, eaque sic fieri vidi et audivi. Idcirco hiis presentibus litteris super
hoc confectis manu aliena, me aliis prepedito negotiis fideliter scriptis
unacum signis et subscriptionibus notariorum publicorum infrascriptorum ac sigilli sedis Cameracensis et prefati domini Officialis signeti
appensione, signum meum solitum apposui atque consuetum hic me
manu propria subscribendo requisitus et rogatus in testimonium veritatis omnium et singulorum premissorum.

Et ego Thomas de Galeis, clericus Cameracensis, publicus apostolica
et imperiali auctoritate venerabilis que Cameracensis notarius et auditor juratus, quia premissis cedule exhibitioni, lectioni, protestationi,
oblationi, submissioni et requisitioni aliisque omnibus et singulis
suprascriptis, dum prefatum illustrem principem coram antedicto venerabili viro domino Officiali Cameracensis prout prescribentur agerentur

et fierent unacum eodem domino Officiali ac notariis et testibus supra et infrascriptis presens vocatus interfui, eaque sic fieri vidi et audivi. Idcirco hiis presentibus litteris super hoc confectis manu aliena fideliter scriptis unacum signis et subscriptionibus dictorum notariorum ac sigilli sedis Cameracensis et signeti dicti domini Officialis appensione, signum meum solitum et consuetum apposui hec me propria manu subscribendo rogatus et requisitus in testimonium veritatis, omnium et singulorum premissorum.

Et ego Petrus de Croizilles alias Hardit, clericus Cameracensis diocesis publicus auctoritate apostolica et imperiali tabellio venerabilis que curie Cameracensis juratus notarius et auditor, quia premissis cedule exhibitioni, lectioni, protestationi, oblationi, submissioni, requisitioni, aliisque omnibus et singulis suprascriptis dum per prefatum illustrem principem coram antedicto venerabili et circumspecto viro domino Officiali Cameracensis prout supra scribuntur fierent et agerentur unacum eodem domino officiali Cameracensis, ac notariis et testibus supra et infrascriptis presens vocatus fui, eaque sic fieri vidi et audivi. Idcirco hiis presentibus litteris super hoc confectis manu mea propria scriptis, unacum signis et subscriptionibus notariorum publicorum infrascriptorum ac sigilli sedis Cameracensis et signeti prefati domini Officialis Cameracensis appensione, signum meum solitum et consuetum apposui hic me eadem manu subscribendo requisitus et rogatus in testimonium veritatis omnium premissorum.

Et ego Livinus de Nevella, clericus Tornacensis dyocesis, publicus imperiali auctoritate tabellio venerabilisque curie Cameracensis notarius et auditor juratus, quia premissis cedule exhibitioni, lectioni, protestationi, oblacioni, submissioni, requisicioni, aliisque omnibus et singulis suprascriptis per dictum illustrem principem coram antedicto venerabili et circumspecto viro domino Officiali Cameracensis, prout suprascribuntur fierent et agerentur, unacum eodem domino Officiali Cameracensis ac notariis et testibus supra scriptis presens vocatus fui eaque sic fieri vidi et audivi. Idcirco hiis presentibus litteris super hiis confectis manu aliena fideliter scriptis, unacum signis et subscriptionibus notariorum publicorum suprascriptorum ac sigilli sedis Cameracensis, et signeti prefati domini Officialis Cameracensis, signum meum solitum et consuetum, hic me propria manu subscribendo, apposui in testimonium premissorum requisitus et rogatus./·

(Archives du Nord. Chambre des comptes de Lille. Art. B. 311 : n° 15270 du trésor des chartes ; original sur parchemin scellé du sceau incomplet, en cire verte, du chapitre cathédral de Cambrai et d'un cachet aussi de cire verte pendant à une double queue de parchemin portant les signature et signet de quatre notaires.)

V

Lettres par lesquelles le duc Jean Sans Peur charge le duc de Brabant et la comtesse de Hainaut, ses frère et sœur, Jean de Thoisy, évêque de Tournai, les sires de la Viesville, de Roncq, de Bonnières, Thierry Gherbode, et les députés des trois états de Flandre de traiter avec le duc de Guyenne pour parfaire la paix, conclue précédemment devant Arras.

(Le Quesnoy-le-Comte, le 16 octobre 1414.)

Jehan, duc de Bourgoingne, à tous ceulx qui ces présentes lettres verront, Salut. Comme naguères Monseigneur le Roy estant à siège devant nostre ville d'Arras, certain traittié pour nous estre et demourer en la bonne grâce et amour de mondit seigneur le Roy si comme toujours l'avons désiré et désirons, ait esté tenu de la voulenté d'icelluy Monseigneur le Roy, et par l'ordonnance de mon très redoubté seigneur et filz Monseigneur de Guienne avec nos très chers et très amez frère et suer le duc de Brabant et la duchesse de Bavière, contesse de Hainau, et les Députés de par les Trois Estats de nostre pays de Flandres, ayans sur ce povoir de nous ; auquel traittié dont certain accord, par la grâce de Dieu, s'est ensui, plusieurs et diverses choses furent pourparlées et requestes faites, débatues, promises et accordées ; mais pour le partement de mondit seigneur le Roy et de son oost, les aucunes ne se povoient lors expédier, ne aussi les lettres dudit accort estre faites, ainçois furent mises en délay. Pour l'accomplissement desquelles choses, aucuns des gens du Conseil de nosdiz frère et suer et les Députez des trois Estatz de nostre dit pays de Flandres, aient depuis fait grant poursuite, premiers à Senliz, depuis à Saint Denis devers Monseigneur le Roy et monseigneur de Guienne dessusdiz, mais encore n'ont esté déterminées ne expédiées par ce, si comme aux dites gens et députés a esté respondu et qu'il nous ont rapporté qu'il n'y avoit personne qui eust pouvoir de nous pour entrer et conclure en ceste besoingne, et leur a esté dit que pour ceste cause leurs gens ou députez souffisament fondez, feussent audit lieu de Senliz dedans la Toussainct pronchainnement venant ; et Eulx venuz illecques signifiassent leur venue à mondit très redoubté seigneur et fils Monseigneur de Guienne, lequel leur feroit savoir la place où Eulx vendroient, fust devers lui ou devers ses commis ou députez pour entendre aux choses dessusdictes. Savoir faisons que nous qui avons voulu et voulons tenir ledit accort et désirans de tout nostre cuer l'accomplissement desdites choses et qu'elles soient mises à bonne fin et conclusion pour toujours faire nostre debvoir envers mondit seigneur le Roy et demourer en sa bonne grâce, et aussi pour estre obvié et pourveu aux inconvéniens qui autrement, que Dieu ne veuille, s'en pourroient ensuir. Confians à plein de nosdits frère et suer, à Iceulx qui présentement, à nostre prière et requeste, vont devers mondit seigneur le Roy, et Icelluy Mr de Guienne ou à l'un d'eulx et à nos amez et feaulx R. P. en Dieu l'évêque de Tournay, les seigneurs de le Viesville, de Roncq et de Bonnières, chevaliers, et maistre Thierry Gherbode, nostre Conseiller, ou la plus grant partie d'iceux qui ensemble les Députez de par les Trois Estats de nostre dit pays de Flandres sont ordonnez d'aler et estre en leur compaignie, avons, entre autres choses donné et donnons plein pouvoir et auctorité par ces présentes de rendre et bailler de par nous en la main de mondit seigneur le Roy ou de ses Commis, le chastel du Crotoy que de pièça nous avoit baillié en garde ou cas que ce sera son bon plaisir de le ravoir; en prenant touttes voyes de la reddition dudit chastel Lettres convenables pour nostre descharge; et aussy de faire pour nous et en nostre nom tout leur loyal povoir au bon plaisir de mondit seigneur le Roy que le chastel de Chinon que n'eusmes oncques en garde soit remis en la main d'icelluy Monseigneur. Promettons de bonne foy d'avoir et tenir ferme et agréable tout ce que par nosditz frère et suer ou l'un d'eulx avec les autres en la manière dessus diz, aura esté faict en ceste chose, sans faire, ne venir à l'encontre. En tesmoing de ce nous avons fait mettre nostre scel a ces présentes. Donné au Quesnoy-le-Conte, le 16e jour d'octobre l'an de grâce 1414.

Par monseigneur le Duc en son Conseil.

SEGUINAT.

(Bibliothèque nationale. Département des manuscrits. Collection Bourgogne, tome 99, page 121. Nota, au dos : « Tiré d'un coffre de la chambre des comptes de Dijon. Liasse des accorts. C. 3 ».)

VI

(*Au dos*) : **Emprinses faictes sur monseigneur contre la paix traitiée devant Arras.**

(Sans date; fin de 1414 ou commencement de 1415.)

Ce sont aucunes emprinses qui ont esté faictes sur monseigneur de Bourgoingne, sur ses subgés et en ses pays, depuis le traitié fait devant la ville d'Arras et en venant et faisant notoirement contre icellui.

Premiers, vérité est que après le département de l'ost du Roy de devant ladicte ville d'Arras si estraignement comme chascun scet, et les gens dudit host en alant leur chemin boutèrent les feux en plusieurs lieux du pays d'Artois meismement en la ville de Paz et en aucunes des autres villes du seigneur de Heilly, ou contempt de ce que autreffrois il avoit servi le Roy et tenu le parti de mondit seigneur de Bourgoingne, combien que deslors il estoit et encores est prisonnier en Engleterre pour le fait et guerre du Roy.

Item, que les nouvelles dudit traitié venues à Paris, plusieurs d'icelle ville de Paris, pour rompre ledit traitié et perturber la paix, firent incontinent faire plusieurs prédications et escriptures diffamatoires contre la personne et l'onneur de mondit seigneur, lesquelles ceulx de l'autre partie ont eu pour aggréables, et encores continuent chascun jour au veu et sceu desdiz de l'autre partie qui n'en ont fait, ne fait faire aucune deffense ou punicion, ainçois les ont oy bien et volentiers en leur portant en ce faveur, qui est directement contre ledit traitié, en ce que l'on a promis de faire réparer son honneur.

Item, que pour avoir dit du bien de la personne de mondit seigneur et avoir loé Dieu de la paix, aucuns des officiers du Roy ont moult durement vexé et traveillié plusieurs et pour les vilener les ont appellé faulx traitres, bourgoignons et aucuns, fait perchier les langues et aux autres copper les poings, emprisonner et mettre ou pellory avec pluiseurs autres grans durtez qui sont choses de grant iniquité et inhumanité.

Item, que depuis ledit traictié ceulx de l'autre partie ont fait bannir plusieurs de la ville de Compiengne et les bannissemens publiés en la présence des ambassadeurs de monseigneur de Brabant, de ma Dame de Haynnau et des députez de par les trois Estaz du pays de Flandres qui estoient lors en ladicte ville de Compiengne, en tenant leur chemin pour aler devers le Roy et monseigneur de Guïenne pour la perfection dudit traitié et de la paix.

Item, que ceulx de l'autre partie ont mis suz réformacions par tout le Royaulme alencontre de ceulx qui ont tenu la partie de mondit seigneur et qui l'ont servi, et procède-lon contre eulx à bannissemens et emprisonnemens comme s'il fust temps de guerre.

Item, avec ce, ont prins et détenu et encores détiennent ou font détenir plusieurs des officiers, serviteurs et gens des pays de mondit seigneur qui ont esté longuement prisonniers, et n'est pour ledit traitié leur besoigne aucunement amendée mais empiriée, et sy en y a aucuns depuis ledit traitié condempnez en chartres perpétuelles.

Item, ont fait baillier mandemens royaulx adreschans aux bailliz de ce royaulme, par vertu desquelx ilz prendent et arrestent en leurs bailliages ceulx qui ont tenu la partie de mondit seigneur et meismement ceulx qui furent ou service du Roy devant Bourges et avant le traitié qui y fut fait.

Item, et combien que l'on eust assigné journée aux dessusdiz ambassadeurs de retourner devers le Roy et mondit seigneur de Guïenne pour entendre à la perfection dudit traitié et pour toutes choses estre mises en bonne seurté à l'accomplissement de la paix, néantmoins les dessusdiz de l'autre partie pour empescher icelle perfection ont mené ou fait mener mondit seigneur de Guïenne hors de Paris par nuyt accompaigné de sept ou huit chevaulx seulement et le eslongié dudit lieu de Paris jusques à Meun-sur-Yèvre et depuis jusques à Bourges où ilz l'ont tenu encloz et hors de toute sa liberté tellement que nul ne povoit parler à lui.

Item, que pendant ladicte journée assignée pour la perfection de ladicte paix ainsi que mondit seigneur tenoit son chemin pour aler en son pays de Bourgoingne, l'on lui refusa, par vertu de certain mandement séellé en la chancelerie de France, l'entrée en la ville de Châlons, ne en icelle ville l'on ne lui volt délivrer pour son argent vivres, ne autres necessitez pour lui ne pour ses gens comme s'il feust enemi du Royaulme, combien que mondit seigneur ala paisiblement païant son escot et sans faire quelque voye de fait ne de guerre.

Item, et encores en ce temps estoient les garnisons de ceulx de l'autre partie ès forteresses d'environ le pays de Bourgoingne qui, nonobstant ledit traitié y faisoient guerre et avoient tousjours fait et continué depuis icellui traitié en prenant et rençonnant les subgés de mondit seigneur dont encores en y a plusieurs prisonniers ou chastel du Roy à Châlons lesquelx le bailli de Chaumont n'a volu ne veult délivrer, jà soit ce que par mondit seigneur il en ait esté plusieurs fois deuement sommé et requis.

Item, en oultre l'on a fait publiquement crier à Paris à son de trompe ès lieux accoustumez à faire cris que tous ceulx qui avoient tenu la partie de mondit seigneur, vuydassent Paris sur paine de perdre corps et biens et ce jour propre furent emprisonnez grant nombre de gens, et fist l'on aussy vuyder plusieurs femmes ou contempt de mondit seigneur et en y avoit plusieurs qui, sur la confience dudit traitié, estoient retournez en leurs lieux dont les aucuns furent et sont encores emprisonnez et les autres se sont retrais et muchiez au mieulx qu'ilz ont peu, doubtans les grans et énormes rigueurs que font et font faire ceulx de l'autre partie.

Item, que aucuns des officiers du Roy ont prins messire Gauchier de Saint-Simon, chambellan de mondit seigneur, dedens la ville de Paris, et aussi ont prins Hector de Saveuzes, escuier d'escuïrie de mondit seigneur avec deux de ses siens, lesquelx estoient alé en pélerinage et cuidoient bien estre seurs par vertu dudit traitié.

Item, pour plus grever mondit seigneur et procéder à la diffame de lui et de son honneur, un nommé Jarçon, chancelier de Nostre-Dame de Paris, tant de par l'Université comme de sa personne privée, a exhorté et requis moult instamment les prélaz estans audit lieu de Paris de faire requeste ou Concile général qui se doit tenir prochainement à Constances, que plusieurs erreurs qu'il dist estre contenuez en une proposicion ou libelle appellé : « *la justificacion du duc de Bourgoingne* », fait et publié par feu maistre Jehan Petit, soient extirpez, et à ce propos pour parvenir à son entencion a monstré aux diz prélaz certaine condempnacion que l'on dist sur ce avoir esté faicte par l'évesque de Paris et l'inquisiteur, tendant de sa mauvaise volenté directement à la destruction de la personne de mondit seigneur, de son honneur et de toute sa postérité, en quoy de ceulx de l'autre partie„il a esté aidié et soustenu et ont eu son fait pour aggréable./·

(Archives du Nord. Chambre des comptes de Lille. Art. B. 3ıı.
N° 5270 du trésor des chartes; pièce en papier.)

VII

(*Au dos*) : **Plusieurs manières de choses touchant traictiez, etc., pour monseigneur de Bourgoingne, recouvrées par Fiérabras entre les escriptures de maistre Thiéry le Roy, après son trespas.**

C'est ce que le Roy a ordonné sur les choses à lui requises en toute humilité de par monseigneur de Bourgoingne, par monseigneur de Braban, ma Dame de Haynnau et les députez des troiz Estaz du païs de Flandres, comme procureurs et ayans puissance de mondit seigneur de Bourgoingne, pour venir à bonne paix ; lesquelles choses ont esté pourparlées et appointées en la présence de monseigneur de Guïenne et du Grant Conseil.

(Sans date ; ı4ı4.)

Premièrement, pour ce que ès temps passez plusieurs choses sont advenues en ce royaume de France ou grant dommaige et desplaisir du Roy, de monseigneur de Guïenne et du royaume, supplieront au Roy et à mondit seigneur de Guïenne, en toute humilité, mondit seigneur de Braban, ma Dame de Haynnau et les députez dessusdiz, ou nom et comme procureurs fondez de mondit seigneur de Bourgoingne, que ès choses advenues et faites depuis la paix de Pontoise, en tant que monseigneur de Bourgoingne a mespris, esquelles le Roy et mondit seigneur de Guïenne ont pris desplaisance, il leur plaise lui pardonner et le recevoir en leur bonne grâce et amour et ainsi le supplieront de bouche touz les dessusdiz au nom de mondit seigneur de Bourgoingne.

Item, et bailleront ou feront bailler au Roy ou à mondit seigneur de Guïenne ou à leurs commis les clefz et feront ouverture plain(i)ère d'Arras et des autres villes et chasteaulx qu'il tient du Roy desquelles ilz les vouldront avoir et mesmement feront présentement ouverture dudit Arras et seront mises les banières du Roy sur les portes d'icelle ville et d'autres lieux où bon semblera et y seront ordonnez capitaines, bailliz et autres officiers pour le Roy telz qu'il lui plaira non dommaigables à icelles villes ne aux pays, lesquelx y demoureront tant qu'il plaira au Roy ou à mondit seigneur de Guïenne.

Item, et baillera mondit seigneur de Bourgogne incontinent au Roy ou à ses commis le chastel du Crotoy et les mettra ou fera mettre réaument et de fait en sa main, et de mettre ou faire mettre semblablement en sa main les chasteaulx de Chinon fera tout son loyal povoir.

Item, quant à ce qu'ilz offrent de par mondit seigneur de Bourgongne qu'il eslongnera et ostera de sa compaignie et de ses pays aucuns qui sont en l'indignacion du Roy et de mondit seigneur de Guïenne, requérans et supplians qu'il plaise au Roy et à mondit seigneur de Guïenne estre de ce contens, et que toutes terres et biens ostez à vassaulx, subgiez, serviteurs et bienvueillans de mondit seigneur de Bourgongne qui ès choses passées l'ont aidié et favorisé quelx qu'ilz soient, leur soient à plain restituez, et que doresenavant aucun, de quelque estat ou condicion qu'il soit, ne soit molesté, ne travaillé soulz umbre de justice, ne autrement pour l'avoir servy, aidié ou favorisé ès choses passées, sur quoy soient faictes et baillées lettres nécessaires et convenables et aussi que touz procès et bannissemens faiz ou encommenciez contre les dessus diz subgiez, vassaulx, serviteurs, aidans et favorisans mondit seigneur de Bourgongne soient annullez et mis au néant comme non advenuz et que chascun puisse seurement aler sur son lieu et joïr de ses biens, et sur ce faire abolicion générale.

Est advisé que mondit seigneur de Bourgongne ne soustendra, recélera ne receptera, ne souffrera estre ne recepter entour lui ne en aucuns de ses païs aucuns des banniz du Roy, ainçois les en déchacera et fera déchacier ; et quant à l'aboulicion générale et autres choses dessus dictes, le Roy a tout réservé et réserve à en faire et ordonner à la voulenté et ordonnance de lui ou de mondit seigneur de Guienne.

Item, en faisant la paix dessus dicte, combien que mondit seigneur de Braban, ma Dame de Haynnau et les députez dessusdiz aient acertené et affermé au Roy et à mondit seigneur de Guienne que mondit seigneur de Bourgongne n'a aucunes aliances avecques les Anglois, néantmoins pour ce que aucunes paroles en ont esté pour eschever toute souspeçon, ilz promettent ou nom de mondit seigneur de Bourgongne qu'il ne procèdera plus avant en ce, ne fera doresenavant, ne fera faire avecques iceulx Anglois aucunes aliances ou traictiez contre le Roy et mondit seigneur de Guienne, ne contre le Royaulme.

Item, quant à la réparacion de l'onneur de mondit seigneur de Bourgongne, pour ce que plusieurs lettres ont esté faictes et envoyées en plusieurs lieux de ce royaume et dehors qu'il dit estre à sa charge, est advisé que après ceste paix faicte, le Roy estant à Paris, ordonnera aucuns de ses conseilliers, lesquelx, appellez avecques eulx aucuns des gens de mondit seigneur de Bourgongne telz qu'il y vouldra commectre, adviseront ensemble, l'onneur du Roy premièrement gardé, telles lettres qui faire se pourront à sa descharge et à la réparacion de son honneur.

Item, rendra ou fera rendre mondit seigneur de Bourgongne aux seigneurs, barons, chevaliers, escuiers, et autres gens de ce royaume et de dehors qui ont servi le Roy en ceste querele et autrement leurs seigneuries, terres, fiefs et possessions quelxconques qu'il a pris, saisy et mis en sa main à l'occasion dudit service et sadicte main en lèvera ou fera lever à plain et en ostera et fera oster touz troubles et empeschemens quelxconcques au prouffit d'iceulx et de chascun d'eulx en tant qu'il lui touche.

Item, et que jamais en aucun temps mondit seigneur de Bourgongne ne fera, ne pourchacera estre fait par lui, ne par autres en secret ne en appert, aucun mal, destourbier, ne empeschement aux vassaulx, gens, serviteurs, bienveuillans, officiers et subgiez du Roy qui l'ont servi en ceste querele tant en sa personne que soubz les autres seigneurs et capitaines de sa compagnie, ne aussi aux bourgeois ne autres habitans de Paris par voye de fait ne autrement en quelque manière que ce soit à l'occasion dudit service.

Item, le Roy pour tousjours continuer et tenir ses subgiez en sa bonne obéissance comme estre doivent, veult et ordonne que le traictié de Chartres et les autres traictiez qui depuis ont esté faiz soient observez et entretenuz, et que se il y a aucune chose à reparer on a préféré qu'il soit fait et réparé d'un cousté ou d'autre.

Item, pour seurté des choses dessusdictes fermement tenir et faire accomplir et tenir par mondit seigneur de Bourgongne, promettront et jureront mondit seigneur de Braban, ma Dame de Haynnau et les députez dessusdiz tant en leurs propres et privez noms et aussi ou nom et comme eulx faisans fors des prelaz et gens d'église, nobles et bonnes villes de touz ses païs : c'est assavoir mondit seigneur de Braban et madicte Dame de Haynnau pour et ou nom de mondit seigneur de Bourgongne et les députez dessusdiz pour tout le païs de Flandres, que mondit seigneur de Bourgongne tendra, gardera et observera fermement à tousjours mais ceste bonne paix sanz jamais faire venir ne pourchacier par lui ne par autres aucune chose au contraire. Et ou cas qu'il vendroit à leur congnoissance que mondit seigneur de Bourgongne commençast à faire ou à entreprendre en appert ou en secret aucune chose contre le contenu en ce présent traittié de paix ou aucune partie d'icellui, ilz ne lui feront, ne donneront aucun aide, conseil, ne confort, ne de corps, ne de chevance, ne autrement en quelque manière que ce soit, pourveu que les seigneurs du sang du Roy et autres et les prélaz, nobles et bonnes villes du Royaume facent semblable sèrement. Et de ce bailleront les dessusdiz lettres bonnes et convenables à l'ordonnance du Roy et de son conseil. Et avec ce promettront mondit seigneur de Braban, madame de Haynnau et les députez dessusdiz de faire leur loyal povoir à faire semblablement promettre et jurer dès maintenant les choses dessus dictes par ceulx d'Arras et par touz les gentilzhommes et autres qui sont dedans et aussi par ceulx qui sont à présent en la compaignie de mondit seigneur de Bourgoingne et ès garnisons de ses villes et chasteaulx d'Artois, de Bourgongne et de Flandres dont ilz seront requis de par le Roy.

Item, et quant à ce que monseigneur de Bourgongne ne viengne doresenavant devers le Roy, la Royne et monseigneur de Guïenne sanz l'exprès mandement du Roy, du gré et consentement de la Royne et de monseigneur de Guienne et par grant délibéracion de conseil, dont appert par ses lettres patentes séellées du grant séel etc., mondit seigneur quant à son venir ou non venir devers eulx et de la manière de son venir se mandé estoit, s'en soubsmettra et soubsmet du tout à l'ordonnance de mondit seigneur de Guïenne, mais de ce seront faictes lettres à part et ne sera pas cest article mis ès lettres de la paix.

Et promettent mondit seigneur de Braban, ma Dame de Haynnau et les députez dessusdiz ou nom de mondit seigneur de Bourgongne, de faire ces choses et tout le contenu en ce présent traictié de paix accorder, ratiffier, gréer, approuver et confermer par mondit seigneur de Bourgongne et par ses lettres patentes·/.

(Archives du Nord. Chambre des comptes de Lille. Art. B, 311,
n° 15270 du trésor des chartes ; pièce en parchemin.)

VIII

(*Au dos la suscription*) : **A noz amez et féaulx conseillers estans présentement devers monseigneur le Roy ou mon très redoubté seigneur et filz monseigneur de Guïenne.**

(10 février 1415.)

De par le Duc de Bourgoingne, Conte de Flandres, d'Artois et de Bourgoingne,

Très-chiers et bien amez, Nous avons receu les lettres de beau frère de Brabant et les vostres tant en universel comme en particulier de vous évesque et vous seigneurs de Ront et de Bonnières, ensamble les coppies et rôles que nous avez envoyés, par lesquelles choses bien au long et à plain par vous déclarées nous avons apperceu et appercevons voz grandes et bonnes affections et diligences par vous employées en la matère pour laquelle vous estes pardelà, dont nous sommes bien contens, et sur ce rescripvons audit beau frère comme il vous pourra apparoir par la coppie cy-dedens enclose et semblablement en substance escripvons à belle seur priant à ycelle très affectueusement de aler pardevers beau frère dessus dit ou cas que elle n'y sera, comme nous tenons que elle y soit de présent, ainsy que il est très nécessaire et expédient ; et nous desplaist très grandement se aultrement ce eust peu faire de ce que elle n'y a esté plus tost, ainsy que luy escripvons. Si l'en pourrés ancores de rechief, se mestier est, requérir aveuc ledit beau frère le plus affectueusement que faire se pourra. Et quant ausdiz rôles et coppies, nous les envoyons hastivement à noz ambassadeurs, au conseil, etc., ensemble une adjonction à leur compaingnie pour les Évesque d'Arras et Doyen de Saint-Donaes. Et avons escript ausdiz Ambassadeurs que ilz appellent aveuc eulx en tout ce que il verront estre bon et profitable à nous et nostre cause, lesdits Évesque et Doyen ausquelx vous pourrés ce signifier et faire signifier par nostre très chier et très amé filz le conte de Charroloys auquel en avez desjà escript, et par le premier messaigé que luy envoyerons luy en escriprons ; et en oultre, nous, considérans les affeccions que avons assez expérimentées de plusieurs dénommés en voz grandes lettres qui sont en la compaignie de nostre très redoubté seigneur et filz monseigneur de Guïenne, avons esté et sommes meus de escripre ausdiz beau frère et belle seur de faire diligence de parler à mondit seigneur, comme vous verrés par ladicte coppie. Et pour ce que vous povez assez savoir la grant substillité de aucuns d'iceulx pour destourner et empeschier beau frère et belle sœur dessusdis et chascun d'eulx, tant par esbatemens de jeu de paulme ou aultre comme par autres occupacions que ilz leur pourroient et se efforceroyent de leur donner en diverses manières à la fin dessusdicte, parquoy se beau frère et belle seur dessusdits par vous et chascun de vous endroit soy discrettement et songneusement advertis sur ce de estre sur leur garde et de faire la plus grand diligence que faire se pourra à la fin contraire : c'est assavoir de parler à mondit seigneur de Guïenne privéement et de le acompaignier et luy faire tous les singulliers plasirs que faire luy pourront lesdiz beau frère et belle seur, et chascun d'eulx pour obtenir le entérinement et acomplissement de sa promesse faitte ausdits beau frère et belle seur, de laquelle ne voulons point que vous vous départez et ne sarions jamais gré à quelzconques de vous quy s'en départiroit et non sans cause n'y povoient ou l'un d'eulx avoir accès tel qu'il appartient et sera nécessaire, nous semble de plus en plus que nostre honneur seroit et demourroit trop grandement foulée pour les causes et motis déclarez en vosdictes grandes lettres au regard de la générale abolicion par vous requise ; et se ladicte promesse ne nous estoit acomplie et antérinée ainsy que elle doit estre, nous semble que il doit bien et sur le plus souffire à toutes gens de raison ce que nous avons accordé de le excepcion des sept par exprès exceptés : en quoy nous avons esté et sommes assez foulez, toutes choses bien pesées et considérées, combien que nous le porterons paciaulment à l'ayde de Dieu pour honneur et révérance de monseigneur le Roy, de madame la Royne, de mondit seigneur de Guyene et pour le bien de la bonne paix par nous sur toutes choses désirée. Et voulons que ces choses remonstrez ausdiz beau frère et belle seur, ensamble aux depputez des Trois Estaz dessusdiz si discrètement que bien le saurez faire, et comment que il soit ne vous laissiez point payer, ne contenter de belles parolles, ne promesses sanz effect dont plusieurs sont bien aisiez de servir, et, en oultre, poursuyez le mieulx que vous pourrés que monseigneur le Roy face cesser l'effect de ses lettres darnièrement par luy données au conseil tenu par beaux oncles de Berry à nostre grant charge avec aultres diverses manières de procéder de ce bon serviteur Jarson, tant en escriptures comme en prédicacions. Et aussy ne délaissiez en riens le fait de Ector de Saveuses déclaré ès lettres de vous Ronc et Bonnières, et, au surplus, par nous ne sera quelzconque chose attemptée.

Très-chiers et bien amez, Nostre-Seigneur soit garde de vous. Escript à Rochefort, le Xe jour de février.

(Signé) : DORGELET.

(Archives du Nord. Chambre des comptes de Lille. Art. B, 311. [Tome 1er refondu] : n° 15270[s] du trésor des chartes ; original sur papier ayant été cacheté à la cire rouge.)

IX

Projet de lettres d'abolition accordées par le Roi Charles VI au Duc de Bourgogne, pour tout ce qui s'était passé depuis la paix de Pontoise.

(2 février 1415.)

CHARLES, etc. A tous présens et avenir. Comme pour cause et occasion de plusieurs choses faictes et avenues en nostre Royaume par nostre très-chier et amé cousin le Duc de Bourgoingne au desplaisir et dommaige de nous et de noz Royaume et subgets, nous nous feussions nagaires transportez en ost à grant assemblée de gens d'armes et de trait devant la ville d'Arras, et nous estans illec, feussent venus pardevers nous, noz très-chiers et amez cousin et cousine le Duc de Brabant et la Contesse de Haynnau et en leur compaignie noz chers et biens amez les depputez de par les trois Estas du païs de Flandres, lesquelz, comme procureurs et ayans puissance de nostre dit cousin de Bourgoingne, en grant révérence et humilité nous supplièrent et requisdrent que en tant que nostre dit cousin de Bourgoingne avoit mesprins ès choses faictes et advenues depuis la paix de Pontoise esquelles nous avions prins desplaisance, il nous plaist lui pardonner et le recevoir en nostre bonne grâce et amour, et nous fisrent obéissance de par nostre dit cousin de Bourgoingne et en signe et démonstrance d'icelle obéissance nous firent faire, pour nostre dit cousin de Bourgoingne, ouverture de ladicte ville d'Arras, sur les portes de laquelle furent mises nos bannières, offrirent et se soubzmisrent de nous faire pareillement ouverture de toutes les autres villes, chasteaulx et forteresses que nostre dit cousin de Bourgoingne tenoit de nous desquelles il nous plairoit avoir ouverture et que en ycelles villes, chasteaulx et forteresses fussent mis et ordonnez cappitaines, baillifz et autres officiers de par nous telz qu'il nous plairoit; en oultre, nosdits cousin et cousine et depputés dessusdits promistrent et accordèrent pour nostre dit cousin de Bourgoingne, de nous baillier et rendre incontinent ou à noz commis le chastel du Crotoy et de le mettre ou faire mettre réalment et de fait en nostre main et des chasteaulx de Chynon faire tout leur loyal povoir de _es mettre ou faire mettre en nostre dicte main. Et avecques ce, pour bien de paix eussent esté plusieurs autres choses pourparlées et appointées par le moyen desquelles nous nous départismes et feismes départir de nostre dit ost de devant ladicte ville d'Arras. Et depuis pour la perfection et acomplissement des choses dessusdictes, soient nagaires venus pardevers nous nosdits cousin de Brabant et cousine de Haynnau, les ambaxadeurs de nostre dit cousin de Bourgoingne et les depputés des III Estas du païs de Flandres, avec lesquelz en la présence de nostre très-chier et trèsamé ainsné filz le Duc de Guïenne, daulphin de Viennois, à ce faire commis de par nous, appointement a esté fait pour les choses estre mises à bonne fin et conclusion. Savoir faisons que nous, ayans pitié et compassion des grans oppressions, pertes et dommaiges que nostre peuple a euz et soustenuz ou temps passé pour occasion des guerres et armées faictes en nostre royaume, voulans noz subgets relever, garder et préserver d'icelles oppressions et désirans de tout nostre cuer, ferme propos et voulenté faire cesser toute voye de fait et que bonne amour et union soient doresenavant entre nosdits subgets telles que iceulx noz subgets se puissent retraire et demourer seurement chascun en son lieu et habitacion et soubz confiance de bonne justice vivre soubz nous en nostre seigneurie en bonne tranquillité, que les laboureux puissent faire leurs labouraiges et tous marchans et autres gens puissent aler et mener leurs marchandises et autres biens où il leur plaira par tout nostre dit royaume et dehors, sans péril ou empeschement aucun; considérans aussi les grans maulx qui par guerre sont ensuys et pourroient ensuyr comme par expérience de fait nagaires a esté assés veu et cogneu, et, d'autre part, considérans le bien de paix qui est inextimable, et affin que toutes créatures aient et puissent avoir meilleur et plus ferme propos de eulx amender et retourner à nostre Créateur, Nous, de nostre certaine science, plaine puissance et auctorité royal(e), par l'advis, conseil et meure déliberacion de nostre dit ainsné filz, de plusieurs des seigneurs de nostre sang et lignaige, prélaz, barons, chevaliers, de nostre grant Conseil, de nostre Court de Parlement, de nostre Chambre des Comptes et autres notables personnes en grant nombre, avons voulu, fait, ordonné et commandé, voulons, faisons, ordonnons et commandons paix ferme et estable estre en nostre dit royaume et entre noz subgets et que toutes rancunes et malveillances cessent, en deffendant à tous, de quelque estat, auctorité ou condicion qu'ilz soient sur tant qu'ilz se peuvent meffaire envers nous, que doresenavant ne se mectent en armes, ne procèdent par voye de fait ou de guerre. Et pour nourrir et entretenir ladicte paix, nous, pour honneur et révérence de Dieu, voulans préférer miséricorde à rigueur de justice, avons fait, donné et ottroyé, et de nosdictes plaine puissance, auctorité royale, faisons, donnons et ottroyons, abolicion générale à tous, tant de nostre royaume et seigneurie comme estrangiers, de quelque estat, auctorité ou condicion qu'ilz soient, de tout ce qui a esté fait à nostre desplaisir et contre nostre voulenté, *pour avoir servi, aidié et favorisié nostre dit cousin de Bourgoingne* depuis la paix de Pontoise jusques au jourd'ui, excepté à Vc personnes non nobles de nostre dit royaume qui ne soient subgets, vassaulx ou serviteurs de nostre dit cousin de Bourgoingne, desquelz Vc personnes les noms seront baillez à nosdits cousin de Brabant et cousine de Haynnau dedens la feste de la Nativité S^{nt} Jehan Baptiste prouchain venant, excepté aussi à ceulx qui par nostre justice nomméement et par procès deuement fait et les solempnitez en tel cas acoustumées gardées, ont esté banniz depuis le temps dessusdiz † lesquelz Vc et banniz ne seront aucunement comprins en ycelle abolicion. Et pour tousjours mieulx fermer et garder ladicte

† **Soit ycy mise** la clause faisant mencion des serviteurs et subgez- ou derrière par manière d'article.

paix et eschever toutes manières d'entreprinses, débatz et divisions et sédicions, avons voulu et ordonné, voulons et ordonnons et nous plaist que tous ceulx qui depuis ladicte paix de Pontoise ença ont esté esloingnez des hostelz de nous, de nostre très-chière et très-amée compaigne la Royne, de nostre dit filz, demeurent esloingnés d'iceulx hostelz et de nostre ville de Paris jusques à deux ans prouchains venans, et que ceulx qui ont esté esloingnés de nostre dicte bonne ville de Paris et des autres villes de nostre dit royaume ou qui de leur voulenté se sont absentez de leurs demourances par souspeçon, demeurent esloingniés et absentez de nostre dicte ville de Paris et des autres villes dont ilz ont esté esloingnés jusques au terme de deux ans et que aucuns d'iceulx ne pourront approucher nostre dicte ville de Paris plus près que de IIII ou V lieues, réservé tousjours sur ce nostre ordonnance et bonne grâce. Et oultre, pour tenir noz subgetz en bonne paix et obvier aux inconvéniens qui par les débatz des offices sont le temps passé advenuz et pourroient encores avenir, avons voulu et ordonné, voulons et ordonnons que tous les offices par nous donnez depuis ladicte paix de Pontoise demeurent en nostre plaine disposition et voulenté sans ce que pour occasion de ladicte abolicion ou soubz

umbre d'icelle, ceulx qui ont esté despoinctiez desdits offices depuis
le temps dessusdit y puissent prétendre ou réclamer aucun droit. Et
quant aux prisonniers nous leur ferons faire raison et justice. Et ne
voulons que pour cause ou occasion de ce que dit est, ceulx qui sont
comprins en ladicte abolicion soient ou puissent estre en aucune
manière traveilliez, molestez ou empeschez en corps ou en biens, mais
voulons que tout empeschement qui pour cause de ce que dit est leur
a esté ou pourroit estre mis, soit osté et mis à plaine délivrance. Et
imposons sur ce scilence à nostre procureur, nonobstant que les cas
ne soient cy exprimez. Voulons et ordonnons avec ce que lesdits
esloingnés puissent aler, venir et converser par tout où il leur plaira
en nostre dit Royaume les deux ans dessusdits durans hors de nostre
ville de Paris et hors des autres lieux dont ilz ont esté et sont esloingnés, sans ce que pour occasion dudit esloingnement aucun empeschement leur soit ou puist estre mis, en corps ne en biens en aucune
manière; toutesvoies pour oster toutes matières de discors et débatz
qui par procès ou autrement pourroient avenir à l'occasion des biens,
meubles prins d'une partie et d'autre, nous avons voulu et ordonné,
voulons et ordonnons que se aucuns biens meubles ont esté prins
d'une partie ou d'autre depuis ladicte paix de Pontoise ença, par justice ou autrement à l'occasion de la guerre, aucun n'en pourra faire
demande ou poursuite d'une partie ne d'autre. Oultre plus, voulons,
ordonnons et deffendons à nostre dit cousin de Bourgoingne que
doresenavant il ne face ou pourchasse estre fait par lui ne par autres,
en secret ne en appert, aucun mal, destourbier ou empeschement à
noz féaulx, vassaulx, officiers, subgez et bienveillans, ne à aucuns de
ses subgés, féaulx, vassaulx qui nous ont servi contre lui ne à aucuns
de sesdits subgez, féaulx et vassaulx qui ne l'ont servi pour doubte de
mesprendre, obstans les deffenses par nous sur ce faictes, ne aux
habitans de la bonne ville de Paris, ne d'autres villes en commun ne
en particulier par voye de fait ne autrement comment que ce soit à
l'occasion dudit service à nous fait ou du service à lui non fait par
sesdits féaulx, vassaulx et subgez pour les causes dessusdictes. † Et
en tant que icelui nostre cousin de Bourgoingne feroit ou s'efforceroit
de faire ou faire faire le contraire à sesdits vassaulx et subgez, nous
lui en interdisons et deffendons toute auctorité, juridiction et congnoissance, et en ce cas les exemptons de lui. Voulons aussi, ordonnons et deffendons à tous les autres seigneurs de nostre sang et
lignaige qu'ilz ne facent ou pourchassent estre fait par eulx, ne par
autres, en secret ne en appert, aucun mal, destourbier ou empeschement à noz féaulx, vassaulx, officiers, subgez et bienveillans, ne à

aucuns de leurs subgez, féaulx et vassaulx, ne aux habitans de nostre ville de Paris, ne d'autres villes en commun ne en particulier par voye de fait ne autrement comment que ce soit à l'occasion du service fait à nostre dit cousin de Bourgoingne. Et en tant que lesdits de nostre sang feroient ou s'efforceroient de faire ou faire faire le contraire à leursdits féaulx, vassaulx et subgez, nous leur interdisons et deffendons toute auctorité, juridiction et congnoissance, et en ce cas les exemptons d'eulx. Et avec ce voulons, ordonnons et commandons à nostre dit cousin de Bourgoingne que il rende et face rendre réalment et de fait aux seigneurs, barons, chevaliers, escuïers et autres tant de nostre royaume comme de dehors, soient noz subgez, féaulx ou vassaulx ou les siens toutes leurs seigneuries, terres, fiefz, possessions et héritages quelzconcques qu'il a prins et mis ou fait prendre et mectre en sa main à l'occasion dudit service à nous fait ou du service à lui non fait ou autrement à l'occasion des choses dessusdictes, et sadicte main mise en lièvе ou face lever à plain et oste et face oster sans délay tous troubles et empeschemens quelzconques au prouffit d'iceulx et de chascun d'eulx en tant qu'il lui touche. Voulons aussi, ordonnons et commandons ausdiz autres seigneurs de nostre sang qu'ilz rendent et facent rendre aux seigneurs, barons, chevaliers, escuïers et autres gens tant de nostre royaume comme de dehors, soient noz subgez, féaulx et vassaulx ou les leurs, toutes leurs seigneuries, terres, fiefz, possessions et héritages quelzconques s'aucuns en avoient, ou ont prins et mis ou fait prendre et mettre en leurs mains à l'occasion du service par eulx à nostre dit cousin de Bourgoingne fait ou autrement à l'occasion des choses dessusdictes et leursdictes mains mises en lièvent et ostent ou facent lever à plain et oster et facent oster sans délay tous troubles et empeschemens quelzconques au prouffit d'iceulx et de chascun d'eulx en tant qu'il lui touche. † Et afin que ladicte paix demeure ferme et estable à tousjours sans enfraindre, et pour pourveoir à ce qui pourroit estre cause de la rompture d'icelle, nous avons, oultre les choses dessusdictes, voulu et ordonné, voulons et ordonnons que les traittiés et paix de Chartres et autres qui depuis ont esté faiz soient tenuz et accompliz, et, avec ce, avons deffendu et deffendons aux dessusdits noz cousin de Bourgoingne et autres seigneurs de nostre sang et lignaige et à tous autres noz subgez que ilz ne facent aucunes aliances avecques les Anglois en quelque manière que ce soit, ne aussi avecques autres quelzconques ou préjudice de nous et de ladicte paix, en leur enjoingnant et commandant bien expressement que se desjà ilz en avoient faictes aucunes, ilz les rendent et baillent à ceulx à qui ils les avoient ou ont faictes et que de ce nous baillent leurs lettres chascun en son endroit telles qu'il appartiendra. † Et encores pour plus grant fermeté de ladicte paix avons voulu et ordonné, voulons et ordonnons que nostre dit cousin de Brabant, les ambaxadeurs de nostre dit cousin de Bourgoingne, les depputez des Trois Etas dessus diz, ou nom et comme procureurs de nostre dit cousin de Bourgoingne et en leurs privez noms et yceulx depputez ou nom et comme eulx faisans fors des gens des III Estas dudit païs de Flandres, icellui nostre cousin en sa personne, noz très-chiers et très-amez filz et cousins les Contes de Charroloys et de Nevers, les gens des III estas dudit pays de Flandres et les prélas, barons et bonnes villes des païs d'Artois et de Bourgoingne et chascun d'eulx jurent et promettent : c'est assavoir, ceulx qui sont cy présens en noz mains et les absens ès mains de noz commis et depputez à ce, par leurs foys et seremens sur la croix et les sainctes Euvangiles de Dieu, que bien et loyaument ilz tendront et garderont, feront tenir et garder de tout leur povoir sans enfraindre ladicte paix et toutes les choses cy-devant déclairées, et ne feront ou feront faire par eulx ne par autres par voye directe ou oblique, en secret ne en appert, par paroles, escriptures ne autrement en aucune manière, aucune chose contre ne ou préjudice de ce que dit est sur *paine d'estre reppute rebelles et désobéissans* et de tout qu'ilz se pevent meffaire envers nous. Et s'il advenoit, que Dieu ne vueille, que aucun d'eulx, fust leur seigneur ou autre, feist ou s'efforçast de faire, entreprendre ou actempter contre ce que dit est, ilz ne lui donneront aide, conseil, confort ne faveur, de corps, de finance, de gens, ne autrement comment que ce soit, maiz l'empescheront de tout leur povoir. Et desdiz seremens et promesses bailleront les dessusdiz et chascun d'eulx qui sur ce seront requis de par nous, sans délay ou difficulté aucune, leurs lettres, soubz leurs séaulx, bonnes et convenables, lesquelles seront mises et gardées en nostre Trésor. Et semblables seremens et promesses, sur les meismes paines, feront noz très-chiers et très-amez cousins, oncle, filz et nepveux le Roy de Sécile, les ducs de Berry, d'Orleans, d'Alençon et de Bourbon, le conte de Vertus, le duc de Bar et tous les autres seigneurs de nostre sang et lignaige etc., et tous leurs féaulx, vassaulx et subgez, c'est assavoir les présens en noz mains et les absens ès mains de noz commis à ce, et de ce bailleront leurs lettres soubz leurs séaulx, qui seront mises en nostre dit Trésor. Et avecques ce feront lesdis seremens et promesses et sur semblables paines pardevant noz commis et depputez à ce tous prélaz, barons, chevaliers et bonnes villes de nostre royaume, cappitaines, baillifz, sénescaulx, prévostz et autres officiers, tous noz féaulx, vassaulx et

† Soit adjousté l'article de la réparaçion de l'onneur de monseigneur de Bourgongne et cellui de ses serviteurs et subgez sil ne demoure en son lieu.

subgez par moyen et sans moyen et autres gens de tous estas tant
nobles que non nobles et tant d'église comme séculiers, et de ce bailleront leurs lettres soubz leurs séaulx qui aussi seront mises et gardées
en nostre dit Trésor. Et oultre ce, pour greigneur scurté de ladicte
paix, nosdits cousin de Brabant, cousine de Haynnau et les depputez
dessusdiz feront avecques nous leur loyal povoir de faire semblablement promettre et jurer les choses dessusdictes par noz très-chiers et
amez cousins le duc Guillaume en Bavière, conte de Haynau, le
conte de Savoye, l'évesque du Liège, le conte de Namur et autres qui
seront advisez †. Et à plus grant confirmacion de ladicte paix, il nous
plaist, voulons, ordonnons et déclairons que s'il advenoit que ceulx
qui sont comprins en ladicte abolicion ou aucuns d'eulx feissent ou
attemptassent aucune chose contre et ou préjudice de ladicte paix et
des choses dessusdictes, que celui ou ceulx qui ainsi le feroient en
attemptant ou venant contre ce que dit est, ne soit ou soient aucunement comprins en ladicte abolicion, maiz leur soit ycelle abolicion de
nul effect et valeur, et que par vertu d'icelle, ilz ne puissent alléguer
excusacion ou exception aucune. Et oultre plus avons voulu et ordonné,
voulons et ordonnons que se aucuns excès ou attemptas estoient doresenavant faiz contre ladicte paix, que pour ce icelle paix ne sera
aucunement rompue, maiz pourra la partie blessée demander justice
du tort qu'il lui aura esté fait et repparacion lui en sera faicte par nous
ou noz officiers telle qu'il appartiendra par raison. Si donnons en
mandement à noz amez et féaulx connestable, chancellier, les gens
tenans et qui tendront nostre Parlement, mareschaulx, maistre des
arbalestriers, admiral, au prévost de Paris, à tous noz séneschaulx,
baillifz, prévostez, cappitaines, maïeurs, eschevins et à tous noz autres
justiciers, officiers et subgez ou à leurs lieuxtenans et à chascun d'eulx
si comme à lui appartendra, que ilz facent garder, entériner et acom-
plir les choses dessusdictes et chascune d'icelles, sans faire ne souffrir
aucune chose estre faicte ou attemptée au contraire ; et s'aucun faisoit
ou s'efforçoit de aucune chose faire ou attempter contre ce que dit est
de fait, par escript ou de parole qui sente blasme ou reprouche pour
occasion des choses passées, que ilz les punissent rigoureusement et
sans depport comme perturbeur de paix et crimineulx de crime capital
en telle manière que ce soit exemple à tous autres ; et facent publier
ces présentes ès lieux publiques et acoustumés de faire criz en leurs
povoirs et juridictions, à ce que aucun ne puisse prétendre de ce igno-
rance. En faisant injonction et commandement à tous que se ilz
scevent aucun de quelque estat qu'il soit qui die ou préfère aucunes
paroles en publique ou autrement contre l'onneur d'aucuns des sei-

gneurs de nostre sang, die ou face aucune chose contre ladicte paix,
que ilz les dénoncent à justice pour en faire punicion deue, sur paine
d'estre punis comme seroit le diseur cu faiseur principal ou d'autre
griefve paine, selon l'exigence du cas, comme transgresseurs de noz
ordonnances et commandemens. Et à ce que soit chose ferme et estable
à tousjours, nous avons fait mettre nostre séel à ces présentes.

Donné, etc...../·

(Archives du Nord. Chambre des comptes de Lille. Art. B, 311 [tome Ier refondu];
minute ou projet sur papier, non datée ; écriture du temps [n⁰ 2].)

X

(*Au dos, la suscription*) : **A mes très-grans et très-honnorez seigneurs
Monseigneur de Tournay, Messires de Ronc et de Bonnyères,
maistre Thierry Gherbode et maistre Jehan Séghuinat,**

(16 février 1415.)

Mes très-grans et très-honnorez seigneurs, je me recommende à vous
humblement. Et vous plaise savoir que j'ay receu deux lettres closes
de par vous : les premières environ a huit jours et les autres mercredi
darrenier passé XIIIe jour de ce présent mois, moy estant à Bruges,
par lesquelles vous m'avez escript que pour le fait de l'ambassade je
vous envoye argent ou autrement vous et mes autres seigneurs ne
povez plus aller avant ne faire pluiseurs frais nécessaires pour ladicte
ambassade, mesment que la chose est taillié de tenir lonc train ; et
aussi vous avez escript à monseigneur de Charrolois de ceste matière.
Si vous plaise savoir que, avec messeigneurs de la Viesville et de Ro-
bais qui estoient lors à Bruges, j'ay travcillié pour vous envoyer aucune
finence, et à grant paine avons finé à Phlippe Rapponde de II ᶜL escus
lesquelz Jaques Responde vous baillera en lui baillant lettres que ledit
Philippe lui escript. Et vous, messeigneurs, qui tous savez l'estat des
finences de mondit seigneur, je vous supplie qu'il vous plaise moy
avoir pour excusé, car s'il y eust eu de quoy, j'eusse voulentiers été plus
avant, et say bien que ce n'est riens de II ᶜL escus au fait que vous
avez affaire. Et tousjours je feray au demourant le mieulx que je
pourray. Mes très-grans et honnorez seigneurs, le foeullet par vous
envoyé pardeça enclox en voz lettres nous a tous descoragiez, et
amaisse mieulx que les besoingnes fuissent telles et si bonnes que

vous m'eussiez peu mander pardelà ou de bon cœur je fuisse allé pour faire vostre finence, laquelle j'eusse bien faicte à Paris devers noz amis S. M. et autres aux quels vous recommenderez mon fait, s'il vous plaist, et aussi ailleurs où bon vous semblera et je vous en supplie. Mes très-grans et très-honnorez seigneurs, je prie au Saint Espérit qu'il vous doint bonne vie et longhe. Escript à Gand, le XVIᵉ jour de fevrier.

P. S. Mes très-grans et très-honnorez seigneurs, par voz darrenières lettres il vous a pleu moy escripre que se faute avoit en vostre fait, parquoy la chose rompist, vous vous excuseriez sur moy. En vérité, messeigneurs, je ne deveroye point porter tel faix, car, combien que vous m'aïez escript gouverneur des finences, je ne me tieng point à l'estre comme au commencement l'ay dit à monseigneur de Charrolois ; et quant vous vendrez pardeçà, vous orrez bien dire que pluiseurs autres se meeslent desdictes finences. Et seroit bien fort de voulloir despendre ou pays de Flandres où l'on n'açeoit (assoit, assigné) riens, XXXᴹ frans ou X Lᴹ frans pour an, où il n'a riens de net.

Mes très-grans et honnorez seigneurs, messire de la Viesville et de la *Viesville* (sic) ont ordonné que Bonne Coursse ara, de ces II ᶜL escus, XVI escus.

Vostre serviteur,
(Signé) : Jehan DE PRESSI.

(Archives du Nord. Chambre des comptes de Lille. Art. B, 311. [Tome 1ᵉʳ refondu]. Nᵒ 15280 du trésor des chartes ; original sur papier portant trace de cachet.)

XI

Protestation faite par les députés du duc de Bourgogne qu'ils n'ont accepté que par considération pour le duc de Brabant et sans en avoir charge, le traité et ordonnance de réunion fait à Saint-Denis entre le Dauphin de France et le duc de Brabant. Paris, en l'hôtel de Flandre où était le duc de Brabant, le lundi 18 février 1414 (1415, n. st.).

Sachent tout que, en la présence de moy, Jehan Séguinat, secrétaire de monseigneur le duc de Bourgoingne, Révérend Père en Dieu monseigneur l'évesque de Tournay, messire Jehan, seigneur de Roncq,

messire Guillaume, seigneur de Bonnières, chevaliers, et maistre
Thierry Gherbode, conseillers de mondit seigneur de Bourgoingne, ont
dit et exposé que de certaine ordonnance que monseigneur de Guyenne
avoit naguères fait prononcer en la ville de Saint-Denis sur la poursuite faite par devers lui par monseigneur de Brabant, madame de
Haynau ou fet..... pour elle et les trois Estats du païs de Flandres et
avecques eulx par lesditz conseillers de mondit seigneur de Bourgoingne ad ce ordonnez de par luy pour avoir abolicion générale
pour tous ceulx qui ont aidié, servi ou favorisé mondit seigneur de
Bourgoingne es débas et discensions qui ont esté en ce royaume depuis
la paix dernièrement faite à Pontoise, eulx..... deliberacion pardevant
mesdiz seigneur de Brabant et dame de Haynau, avoient esté d'oppinion et supplié et requis que ladicte ordonnance avec tout le demené
de la besongne que tant touchoit, fust rapporté à mondit seigneur de
Bourgoingne pour, sur ce, savoir son bon plaisir avant que [l'on] accep-
tast ladicte ordonnance, ne que l'en preist (*sic*) ou traictié eu devant
la ville d'Arras dont ladicte abolicion se descendoit conclusion finale.
Et pour ce que tant lesdiz monseigneur de Brabant et madame de Haynau comme les depputez des Trois Estatz de Flandres dessusdiz disoient
que à prendre tel déloy, la chose se pourroit rompre, dont tant de
maulz et dommaiges irréparables se pourroient ensuir au Roy et à
mondit seigneur de Guienne et à la destruction de ce royaume, et
aussi de mondit seigneur de Bourgoingne et de ses païs et subgetz ;
pour lesquelz éviter et pour autres causes et considéracions plus à
plain exposées, que ad ce les mouvoit, mesmement pour aucune chose
que l'en avoit fait apare servant bien à ceste matière, estoient d'opinion d'accepter ladicte ordonnance et de procéder en seurplus à la perfection des choses, qui avoient esté advisées audit traittié ; et avoient
dit, oultrement, si la chose se rompoit que des inconvéniens que s'en
ensuiroient, toute la charge en demouroit, et se en deschargeroient
(*sic*) sur les dessus nommés conseillers de mondit seigneur de Bourgoingne ; iceulx conseillers qui de ce estoient moult perplex et ne
vouloient accepter ladicte ordonnance pour doubte d'encourir l'indignacion de nostre dit seigneur de Bourgoingne, toutes voies pour
non avoir ceste charge et pour mieulx faire que (?) laissé (?) avoient
dit que par eulx la chose ne seroit point empeschié et finablement
après ce que on les avoit pressé de dire aultrement (?), leur entencion s'estoient, combien que bien ennuis (?) le feissent se bonnement
s'en eussent peu passer sans escandre ou péril, rapportez et accordez
et rapportèrent et accordèrent à l'oppinion de monseigneur de Brabant, de madame de Haynau et des depputez dessusdiz. Protestans

expressément, si n'eust esté pour les cause dessusdicte que autrement
ne le eussent voulu, ne osé faire en aucune manière ; et supplièrent
de rechief audit monseigneur de Brabant et aux autres illec présens
que de ce les voulsissent excuser devers mondit seigneur de Bourgoingne et ailleurs où besoing seroit. Et pour certifier la chose ainsi
avoir esté faicte, Je, Jehan Séguinat, qui ay esté présent ad ce qui dit
est, à la requeste de mondit seigneur l'évesque et des autres conseillers dessus nommés, ay cy-mis mon seing manuel. Fait à Paris en
l'ostel de Flandres où estoit logié mondit seigneur de Brabant, le
lundy XVIII° jour de février, l'an mil quatre cens quatorze.

J. Séguinat.

(Bibliothèque nationale. Département des manuscrits. Collection Moreau. Tome 1424.
Pièce 67.)

**Passeport donné par le roi Charles VI aux députés du duc de Bour-
gogne et des États de Flandre étant venus à Paris après la paci-
fication des troubles le 28 février 1414 [1415], valable jusqu'au
20 mars suivant.**

(*Idem, ibidem.* Pièce 68.)

XII

(*Au dos, la suscription*) : **A Révérend père en Dieu et nostre très-
cher et grand amy l'Évesque de Tournay et les gens dou Conseil
de nostre très-chier et très-amé frère le Duc de Bourgoingne.**

(18 février 1415.)

**La Ducesse de Bavière, comtesse de Haynnau,
Hollande et Zeellande.**

Très-chier et grand amy, Nous escripvons présentement pardevers
vous, en priant que nos chiers et féaulx conseillers lesquelx sont pardelà et à cui nous avons chargié vous remonstrer aucunes choses de
nostre intention, vous plaise croire et en tout ce que de par nous vous
diront et exposeront ceste fois plaine créance adjouster. Nostre Sei-

gneur vous ait en sa sainte garde. Escript à Senlis, ce XVIIIe jour.....
(de fevrier ?) [1].

(Original sur papier, portant traces de cachet en cire rouge. Archives du Nord. B, 311.)

XIII

Copie des lettres envoyées à beau frère de Brabant par le duc Jean sans Peur.

(Sans date ; vers le 18 février 1415 [?].)

Mon très-chier et très-amé frère, je suy tousjours, etc. Mon très-chier
et très-amé frère, j'ay receu voz lettres escriptes à Saint-Denis le IIIe
de ce moys faisans mencion de vostre venue audit lieu de Saint-Denis,
ensemble de mes gens et de ceulx des Trois Estas de mon pays de
Flandres en vostre compaignie sanz belle suer de Haynnau demourée
à Senlis pour la cause plus à plain desclairiée en vosdictes lettres, par
lesquelles vous rapportés au surplus ad ce que vous tenez que mesdictes gens m'en escrivent ou ont escript, dont vous et eulx vous avez
fait et faictez comme vous avez intencion de faire le mieulx que faire
se puet et pourra. Sur quoy, très-chier et très-amé frère, vueilliez savoir
que tant par lettres de mesdictes gens comme autrement, j'ay sceu et
apperceu les grandes et bonnes affections et diligence que vous et
eulx, ensemble les gens et conseillers de belle suer avés fait et faictes
journelment en la matière pour laquelle vous et eulx estes pardelà,
dont je suy bien content et vous en mercie tant que je puis en vous
priant de continuacion telle que vous savez et povez savoir et que bien
faire le saurés appartenir en tel cas pour le bien de monseigneur le
Roy, de mon très-redoubté seigneur et filz monseigneur de Guïenne
et de tout ce royaume tant désolé que chascun puet appercevoir ; de
laquelle continuacion j'ay parfaicte et entière confidence en vous
comme raison est. Et pour ce que entre autres choses je puis apperçe-
voir comme vous l'avez clèrement peu sentir et veoir que plusieurs
estans entour mondit seigneur de Guienne ont mis et s'efforcent de
mettre plusieurs difficultez et empeschemens ad ce que mondit seigneur
de Guienne ne entretienne ce qu'il promist à vous et à belle suer dessusdicte pardevant ma ville d'Arras, comme vous et elle poez estre

1. Partie rongée dans la pièce.

records, et que, sur espérance de l'entretenement de ladicte promesse, j'ay juré de tenir bonne paix, laquelle ne me seroit point entretenue et ne pourroye avoir honnorable conclusion du traictié fait pardevant madicte ville, se ladicte promesse n'estoit acomplie et entretenue par mondit seigneur, de toutes les meillieurs et plus secrètes voyes et manières que pourrés par lesquelles vous puissiez, sur ce et autres choses à ce servans et à la bonne et fructueuse conclusion de vostre présente emprise, parler à part à mondit seigneur de Guïenne et se mestier est aucuns autres de son sang telz qui lui plaira et sentira estre affectez à ladicte bonne conclusion, laquelle j'espoire fermement que vous obtenrés se vous poez ainsi parler secrètement et privéement à lui et le plus souvent que vous pourrés en lui remonstrant, comme très bien faire le scaurés, ce qu'il appartient en tel cas, et le grant bien qui se puet ensivir de ladicte bonne conclusion par l'entretenement de ladicte promesse, ensemble les orribles maulx, périlz et inconvéniens qui seront aprestez et pourront avenir par la deffaute des conclusion et entretenement dessusdits, combien que je croy certainement que plusieurs, petitement à ce affectez, s'efforceront par toutes voyes subtilles de vous empeschier en ce que ne puissiez souvent parler comme dit est à mondit seigneur de Guienne, dont je vous prie que veuilliez estre sur vostre garde, et au surplus croire mesdites gens de ce qu'ilz vous diront plus à plain de par moy mon intencion, comme je leur escrips plus au long. Mon très-chier....., etc.

(Copie du temps, sur papier. Archives du Nord. B, 311.)

XIV

(*Au dos, la suscription*) : **A Révérend père en Dieu noz amez et féaulx conseillers l'Évesque de Tournay et autres noz ambassadeurs estans présentement de par nous à Saint-Denis en France pardevers monseigneur de Guïenne et à chascun d'eulx.**

(18 février 1415.)

Receuez par Jacotin de Roue le XXIIIᵉ jour de février IIIIᵉ et XIIII.

Jehan, Duc de Bourgongne, Conte de Flandres, d'Artois et de Bourgongne, Révérend père en Dieu, très chiers et bien amez, Nous avons receues les lettres que envoyées nous avez par Jaquemin de Rouc, nostre chevaucheur, porteur de cestes, escriptes à Senlis le Xe jour de ce moys, par lesquelles nous signiffiez, en ensuivant ce que par avant escript nous aviez par Thierrimont nostre autre chevaucheur, par lequel vous avons sur ce plainement rescript nostre vouloir, que le jœudi précédant VIIe jour d'icelluy moys, monseigneur de Guïenne tenant le Conseil à Saint-Denis ou quel estoyent monseigneur de Berry, le Conte d'Alençon, le Cardinal de Bar, pluseurs arcevesques et évesques, les chancelliers de France, de madame la Royne et de mondit seigneur de Guïenne, grant foison de chambellans, des gens de Parlement, des Comptes et de Chastellet et grant nombre d'autres gens de pluseurs estas, fist prononcier devant tout le pueple à huiz ouvert l'ordonnance de monseigneur le Roy et la sienne par la manière contenue en une cédule que envoyée nous avez enclose en voz dictes lettres avecques une autre cédule où sont contenuz les noms des bannis de ce royaume, ou contempt de nous et à nostre très grant charge et déshonneur, laquelle avez eue du chancellier de mondit seigneur de Guïenne. Et contiennent oultre vosdictes lettres que à ladicte ordonnance faire beau frère de Brabant, belle suer de Haynau, leurs gens, vous ne autres estans pardelà en leur compaignie n'avez esté aucunement appellez ne y requiz vostre consentement, et que pour ce que la chose vous a semblé moult estrange et rigoreuse, ledit beau frère de Brabant et vous autres dessusdiz vous estes retraiz audit lieu de Senlis devers ladicte belle suer et sur ce avez eu advis ensemble pour estre tous audit lieu de Saint-Denis pardevers mondit seigneur de Guïenne merquedi derrain passé afin de y faire du mieulx que vous pourrez. Et pour ce, révérend père en Dieu, très chiers et bien amez, que ainsi que vous savez et clèrement povez congnoistre comme nous mesmes qui ne sommes pas de si grant entendement comme vous estes, savons évidemment que les choses dessusdictes ont esté et sont faictes tant et si avant que plus ne pévent, à la très grant charge et déshonneur de nous, nostre lignée et postérité, ensemble de tous noz pays, subgiez, serviteurs, amis, aydans et bienvueillans, et que les dessus nommez estans entour mondit seigneur de Guïenne ne tendent par toutes les voyes qu'ilz pévent et scèvent pencer et ymaginier fors seulement à la totale destruction de nous et des nostres, sanz avoir regard quelconque à l'entretenement de la paix derrenièrement faicte devant nostre ville d'Arras, ni aux seremens qui sur ce ont esté faiz : laquelle paix pour le bien de ce royaume et par les rappors qui par lesdiz beau frère et belle suer et par les depputez des troiz Estas de nostre dit pays de Flandres nous furent sur ce faiz, jurasmes voulentiers et de bon cueur de ycelle loyaument entretenir ou cas que on nous entretendroit ce que par mondit seigneur de Guïenne avoit esté sur ce promis et juré ; Nous vous signiffions que les choses dessus dictes ainsi faictes n'avons pas agréables ne jà n'aurons pour quelconque chose qui advenir nous puisse et ne voulons pas que vous y procédez en quelque manière que ce soit, fors seulement ainsi et selon les termes que derrain vous avons escript tant par Colin de Horne, nostre chevaucheur, comme par ledit Therrimont et que par autres vous avons fait dire de bouche. Et s'ainsi est, que Dieux ne vueille, que mondit seigneur de Guienne par le moïen et ..... (¹) dessusdiz ou autrement demeure et persiste entièrement en ce propos et que autre appointement honnorable pour nous et les nostres n'y puissiez avoir et trouver ; Il nous plaist et voulons que honnorablement vous vous départez et prenez congié de luy, pourveu toutesvoyes que avant vostre département lesdiz beau frère et belle suer pour monstrer nostre bonne et loyale entencion et le grant désir et bon vouloir que avons de ladicte paix entretenir sur toutes choses, facent remonstrer clèrement et à huiz ouvers, comme par cy devant a esté fait contre nous et à nostre charge, en justifiant nostre bon droit et mectant Dieu et le monde devers nous, comment à nous ne tient pas que en ce royaume n'ait bonne et ferme paix, afin que chascun puisse congnoistre la mauvaise et dampnable voulenté de ceulx qui ainsi la dicte paix empeschent, en déclarant les promesses sur ce faictes et jurées par ledit monseigneur de Guïenne au traictié de ladicte paix fait derrenièrement devant nostre dicte ville d'Arras, lequel avez pardevers vous, et remonstrant aussi clèrement que les dictes choses ainsi derrenièrement faictes à nostre grant charge et deshonneur, ensemble l'ambaxade que l'on envoye présentement contre nous devers nostre Saint Père en laquelle sont le Conte de Vertuz, Loys de Bavière, maistre Jehan Jarson et pluseurs autres noz mortelz ennemis, portans lettres patentes de monseigneur le Roy comme vous savez, sont toutes contraires ausdictes promesses et traictié. Et au seurplus nous nous donrons conseil et ferons du mieulx que nous pourrons espérans que à l'aide de Nostre Seigneur nous y aurons quelque foiz plus honnorable conclusion. Et ces choses voulons par vous estre exposées ausdiz beau frère et belle suer en les requérant très instamment, de par nous, de ycelles conduire et accomplir par la manière que dit est, car pour ceste cause nous leur escripvons présentement lettres de créance sur vous et semblablement ausdiz depputez, Révérend Père en Dieu, très-chiers et bien amez, Nostre-Seigneur vous ait en sa

---

1. Partie de la pièce rongée par la dent des souris.

saincte garde. Escript en nostre chastel de La Perrière, le XVIIIe jour de février.

(Signé) : VIGUIER.

(Archives du Nord. Chambre des comptes de Lille. Art. B, 311 [tome Ier refondu] : n° 15270 ^{s bis} du trésor des chartes ; original en papier avec restes de cachet en cire rouge.)

XV

Mandement du duc de Brabant, de la comtesse de Hainaut et des représentants du duc de Bourgogne, ordonnant au seigneur de Croy de remettre le château du Crotoy aux officiers du Roi de France.

(27 février 1415.)

Anthoine, par la grâce de Dieu, duc de Lothier, de Brabant et de Lembourc et marquis du Saint Empire ; Marguerite, par la meisme grâce, duchesse de Bavière, contesse de Haynnau, de Hollande et de Zellande et dame de Frise ; Jehan, évesque de Tournay, Jehan, sire de Roncq, Guillaume, sire de Bonnières et Thierry Gherbode, conseilliers de monseigneur le Duc de Bourgoingne et les députez de par les Trois-Estaz du pays de Flandres ordonnez et envoyez présentement pour la perfection de la paix traictiée devant la ville d'Arras, à noble homme le seigneur de Croy, garde du chastel de Crotoy, salut. Comme ainsi que vous savez par le traitié de ladicte paix, nous Duc, Duchesse et députez dessusdiz par vertu des lettres du povoir à nous sur ce donné dudit monseigneur le Duc de Bourgoingne, nostre frère et seigneur, desquelles la teneur s'ensuit : « Jehan, etc..... », eussiens entre autres choses offert et accordé de par nostre dit frère et seigneur de faire rendre et délivrer au Roy nostre seigneur ou à monseigneur de Guienne ou à leurs commis le chastel de Crotoy que vous avez en garde de par icellui nostre frère et seigneur. Et depuis, nous, estans pardeçà pour la cause dessus dicte, à tout autres lettres de povoir à nous sur ce données d'icellui nostre frère et seigneur, desquelles aussi la teneur s'enssuit : « Jehan, etc..... », aïons par plusieurs fois esté requis et sommez à très grand instance de par noz diz seigneurs le Roy et monseigneur de Guïenne et meismement nous Duc, Duchesse et députez dessus-diz qui avons juré ladicte paix, de faire selon le contenu du traitié d'icelle, incontinent rendre et délivrer ledit chastel de Crotoy à icellui

monseigneur de Guïenne auquel le Roy, nostre dit seigneur, en avoit baillié la garde et de acquiter en ce nostre serment et ce que promis avions ; et que pour la descharge d'icellui chastel, le Roy, nostre dit seigneur, bailleroit ses letres telles qu'il appartendroit, lesquelles nous avons desjà receues. Pour ce est-il que nous, veullans obéissance estre rendue à noz diz seigneurs le Roy et monseigneur de Guïenne pour entretenir ledit traitié et acquiter en ce nostre dit frère et seigneur et aussi nous comme raison est, vous mandons par vertu des lettres dessus encorporées et du povoir à nous donné par icelles, que incontinent, sans délaïer, vous rendez et délivrez ou faictes rendre et délivrer réalment et de fait à messire Philippe d'Auxy, seigneur de Dompière, bailli d'Amiens, à ce député et espécialment commis de mondit seigneur de Guïenne, ledit chastel de Crotoy, en prenant devers vous pour vostre acquit et descharge ces présentes et les lettres de descharge dessus dictes, par lesquelles vous serez et aussi vous promettons estre deschargié de la reddicion dudit chastel envers nostre frère et seigneur de Bourgoingne dessusdit, et vous en deschargons de par lui par ces meismes présentes ; aux quelles, en tesmoing de ce nous avons fait mettre les séelz de nous Duc, Duchesse et le séel de nous Évesques pour nous conseilliers dudit monseigneur de Bourgoingne et le séel de nous abbé de Saint Pierre de lez Gand pour nous les députez des Trois Estas de Flandres dessusdits. Donné à Paris, le pénultiesme jour de février, l'an de grâce mil quatre cens et quatorse.

(Idem, ibidem. Copie ou minute sur papier [de la main de Thierry Gherbode].
Archives du Nord. B, 311.)

XVI

Lettre des ambassadeurs du duc de Bourgogne au comte de Charolais pour l'engager à presser le seigneur de Croy de remettre le château du Crotoy aux officiers du Roi.

(1er mars 1415.)

Nostre très-redoubté seigneur, nous noz recommendons à vous tant et si très-humblement comme plus povons. Et vous plaise savoir, nostre très-redoubté seigneur, que pour ce que monseigneur de Brabant, ma Dame de Haynnau et les députez des Trois Estaz du pays de Flandres, par le traitié en devant Arras par eulx juré, ont esté depuis leur venue de pardeçà par plusieurs et diverses fois requis et sommez à très-grand instance de par le Roy et monseigneur de Guïenne, de faire incontinent rendre au Roy ou à ses commis le chastel de Crotoy ainsi qu'il fut accordé entre autres choses par ledit traitié et le mettre en la main de mondit seigneur de Guienne, auquel le Roy en a baillié la garde et de acquiter en ce leurs sèrement et promesse ; mes dis seigneurs et dame de Brabant et de Hainaut, lesdiz députez et nous, par grant 'et meure délibéracion pour l'entretenement de la paix desjà publiée pardeçà et garder et accomplir les dis serements et promesses qui furent faiz à la voulenté de monseigneur vostre père, et aussi pour ce que de raison ledit chastel qui est au Roy et son héritage l'on ne doit detenir contre sa voulenté, aïons baillié lettres patentes adreschans à monseigneur de Croy, lequel comme vous sçavez a en garde ledit chastel de par mondit seigneur vostre père, en lui mandant expressément par les povoirs sur ce donnez d'icellui monseigneur vostre père, lesquelx sont encorporés esdictes lettres, que tantost rende et délivre ledit chastel pour mondit seigneur de Guienne à messire Philippe d'Auxy, seigneur de Dompierre, à ce commis d'icellui monseigneur de Guienne, pour le recevoir de par lui, en prenant pour son acquit les lettres de descharge que le Roy en a baillié, par lesquelles le Roy se tient content de la garde dudit chastel et en descharge mondit seigneur vostre père, ledit monseigneur de Croy et tous autres à qui ce peut touchier. Et pour ce, nostre très-redoubté seigneur, que de ceste chose que le Roy et mondit seigneur de Guienne ont très à cuer, se dépent moult le bien et entretenement de ladicte paix, il semble très expédient à mesdiz seigneur et dame de Brabant et de Haynnau et à nous autres qui sommes pardeçà en leur compaignie, qu'il vous pleuist bien adcertes et affectueusement escripre et mander estroitement et poignaument audit monseigneur de Croy que, en la reddicion et délivrance dudit chastel, veu ladicte descharge qu'il en a pour mondit seigneur vostre père et pour lui, il ne face faulte, ne y mette délai, contredit ne refuz, car la reddicion faicte, les choses dépendantes de ladicte paix que nous requérons et sont encores à expédier se pourront moult adoucir et venir à meilleure conclusion, et autrement se délai ou refuz y avoit, ce seroit grandement au desplaisir du Roy et de mondit seigneur de Guienne et non sans cause et pour rompre tout le traitié de ladicte paix dont dommage irréparable seroit taillié d'en ensievir, que Dieu deffende. Aussi ce seroit à vérité dire à la charge de mondit seigneur vostre père et aussi très-grandement dudit monseigneur de Croy qui se devroit bien aviser que telle charge ne demourast sur lui. Si vous supplions, nostre très-redoubté seigneur, qu'il vous plaise faire

expédier voz lettres sur ce en la meilleure fourme que faire se po(u)r-
ront et les faire envoïer incontinent audit monseigneur de Croy, affin
qu'il soit plus enclin de faire la délivrance dudit chastel. En oultre,
nostre très-redoubté seigneur, par ledit traitié est aussi accordé que
les terres, héritages et possessions des seigneurs vassaulx et autres qui
pour cause d'avoir esté ou service de l'une partie ou de l'autre depuis
la paix faicte darrenièrement à Pontoise, ont esté et sont empeschiez,
doivent estre mises au délivre et sur ce mondit seigneur vostre père a
autreffois baillié mandement par ses lettres patentes desquelles nous
vous envoïons la copie collationnée pour, selon le contenu d'icelles, la
délivrance de par vous estre faicte tant des terres et possessions de
monseigneur le duc de Bar empeschiées à ladicte cause, comme d'autres qui le requerront, et nous avons retenu l'original dudit mandement pour nous en aidier se nous en avions à faire Pardeçà.

Nostre très-redoubté seigneur, depuis que darrenièrement vous avons
escript par Bonne Course, le chevauceur, comment ladicte paix avoit
esté criée à grant solemnité en ceste ville, mondit seigneur de Brabant
et nous autres estans en sa compaignie avons tousjours, au sourplus
de ce que reste encores à parfaire, besoignié et besoignons le mieulx
et plus diligemment que nous povons, et, selon ce que les choses se
porteront, nous vous en ferons tousjours savoir les nouvelles.

Nostre très-redoubté seigneur, nous prions Dieu, etc. Escript à Paris,
le premier jour de mars.

(Copie sur papier. Écriture du temps. Archives du Nord. B, 311.)

XVII

**Nouvelle lettre du duc de Brabant au seigneur de Croy pour l'in-
viter à remettre le château du Crotoy entre les mains des officiers
du Roi le plus tôt possible.**

(30 mars 1415.)

Le Duc de Brabant, etc.

Très-chier et bon ami, Vous savez assez comment, par le traitié de
la paix faicte devant la ville d'Arras, le chastel du Crotoy doit estre
rendu à nostre dit seigneur le Roy et mis en sa main ou de ses commis ; et pour ce que belle suer de Haynnau, nous et les gens de beau
frère de Bourgongne, ensemble les députez de par les Trois Estaz du

pays de Flandres estans pardeçà pour la perfection de ladicte paix si solennelment jurée, avons esté très-instamment et par plusieurs et diverses fois requis et sommez de par mondit seigneur le Roy et mondit seigneur de Guïenne de faire incontinent rendre à mondit seigneur le Roy ledit chastel qui est sien et son héritage et le mette en la main de mondit seigneur de Guienne auquel mondit seigneur le Roy en a baillié la garde et de acquitter en ce noz serement et promesse tellement que icellui monseigneur le Roy n'en fust et demourast plus ainsi dépointié. La dicte belle suer, nous et les autres estans Pardeçà en la compaignie d'elle et de nous, tant pour l'entretenement de ladicte paix, laquelle est publiée pardelà, comme pour raison et aussi pour nous qui sommes pardelà en ce nous acquitter, garder et accomplir nos sèremens et promesse, vous mandons par lettres patentes, selon les povoirs sur ce donnés dudit beau frère, de rendre incontinent et délivrer ès mains du bailli d'Amiens à ce commis dudit monseigneur de Guïenne et pour lui ledit chastel, comme par lesdictes lettres vous porra apparoir. Si vous prions et requérons tant et si ad certes comme plus povons, que ainsi faire le vueilliez sans plus delaïer et que en la reddicion et délivrance dudit chastel que par honneur ledit beau frère en faisant son devoir ne peut bonnement détenir, ne faire détenir contre la volonté de mondit seigneur le Roy, vous ne veulliez faire aucune faulte ou contredit. Car se faulte, refuz ou délai y avoit, attendu les requestes et sommacions que jà par tant de fois en ont esté faictes, ce seroit au très-grand desplaisir de monseigneur le Roy et de mondit seigneur de Guienne et pour rompre tout le traitié de ladicte paix, au dommage irréparable non mie seulement du dit beau frère et de ses pays et subgés, mais de mondit seigneur le Roy et de tout son royaulme, et en vérité toutes choses bien considérées au deshonneur et charge d'icellui beau frère et aussi de ladicte belle suer, de nous et des autres dessusdiz qui nous sommes en ces choses tant traveilliez pour le bien de paix et aussi ce seroit à la très-grande charge de vous. Si vous veulliez tellement aviser que les seremens et promesses que ladicte belle suer, nous et les autres dessusdiz avons faiz de la volenté dudit beau frère, que tousjours garder voulrions, ne soient enfrains par vostre faulte et que la charge n'en demoure du tout sur nous, car nous y prenrions très-grand desplaisir et non senz cause et pareillement feroient ladicte belle suer et les autres qui sont pour ce fait pardeçà. Et sur ce, veulliez croire nostre amé et féal conseillier et bailli de la chastellenie de Lille Jehan de Pernes (?), porteur de cestes et les autres qui de par ladicte belle seur et ceulx des Trois Estas dudit pays de Flandres se traient présentement à tout leurs lettres de créance pour ladicte cause pardevers vous, de ce qu'ilz vous en diront de par eulx et de par nous. Et quant est de vostre paiement que a esté demandé pour le temps que vous avez esté à la garde dudit chastel, l'on a sur ce respondu que icellui chastel mis en la main de mondit seigneur de Guienne, vous en feissiez requeste et l'on aviseroit ains sur ce et feroit tant que de raison en devriez estre content. Très-chier et bon ami, Nostre-Seigneur vous ait en sa saincte garde.

Escript à Paris, le pénultiesme jour de mars l'an mil CCCC et XIIII·/.

(Archives du Nord. Chambre des comptes de Lille. Art. B, 311 [tome Ier refondu]. No 15270⁶⁻⁹ du trésor des chartes; minutes originales et copies sur papier.)

XVIII

Ce sont les requestes faictes par les ambassadeurs de monseigneur de Bourgongne et les responses faictes à ycelles requestes par monseigneur de Ghienne.

(29 juin 1415.)

Premièrement, lesdits ambassadeurs ont dict que, au commencement des lettres de l'ordenance de la paix, est contenu que le Roy, nostre sire, pour plusieurs chozes faictes et advenues depuys la paix de Ponthoise, au très-grand desplaisir et dommage de lui et de ses royalme et subgets, avoit eu monseigneur de Bourgongne en son indignacion et male grâce, et, en oultre, que, en la disposicion desdictes lettres est contenue que le Roy volant préférer misericorde à righeur de justice, a faict, donné et ottroyé abolicion, etc., de tout ce que a esté faict à son desplaisir et contre sa volenté pour avoir aydié, servy et favorisié monseigneur le duc de Bourgoingne depuis la paix de Pontoise, et que ces chozes sont à la charge de mondit seigneur de Bourgoingne et que il ne les porroit tollérer, sauf son honneur, requérans yceulx ambaxadeurs que lesdictes lettres soient corrigiés quant à ce que dict est.

A quoy mondit seigneur de Ghienne a faict respondre et respond que ladicte ordenance a esté faicte par grande et meure délibéracion de conseil, que sur la confection desdictes lettres plusieurs des conseillers du Roy et de mondit seigneur de Ghienne et des conseillers de monseigneur le Duc de Bourgoingne, de monseigneur de Brabant, de madame de Haynnau et des depputés des Trois Estas du pays de Flandres ont ensamble conféré et ont esté faictes et advisées par yceulx conseillers les minutes desdictes lettres, et depuys ont esté ycelles lettres acordées par monseigneur le duc de Brabant, par les conseillers et ambaxadeurs de mondit seigneur de Bourgongne et les depputés des III estas dudit pays de Flandres, ou nom et comme procureurs souffissamment fondés de mondit seigneur de Bourgongne, et par yceulx, oudit nom procuratore et en leurs privés noms, lesdictes lettres ont esté approuvées et par eulx toulz jurées en la présence du Roy sur la croix et les Sainctes éwangiles de Dieu, et pareillement en icelle fourme jurées par les aultres seigneurs du sanc du Roy et aultres lors estans vers luy ; et depuis ont esté ycelles lettres publiées par la ville de Paris, partout le royalme de France et dehors et envoyées au Saint Concil, au Roy des Rommains, en Engleterre, en Espaingne, en Escoce et ailleurs, pour quoy et pour pluiseurs aultres considéracions qui ont esté dictes et déclarées ausdits ambaxadeurs, n'est pas l'intencion de mondit seigneur de Ghienne que aucune mutacion ou correction soit faicte sur ce que dict est.

Item, et en oultre lesdits ambassadeurs ont requis que la réservacion des chincq cens personnes non comprins en ladicte abolicion soit ostée de ladicte ordenance et que yceulx V^c personnes soient comprins en ladicte abolicion.

A quoy mondit seigneur de Ghienne a fait respondre et respond que pour ce que mondit seigneur de Brabant, ma dame de Hainnau et les gents des trois estas du pays de Flandres se sont grandement employés au bien de la pays de ce royalme, et après ce que ceulx dudit pays de Flandres en démonstrant bonne obéissance au Roy et à mondit seigneur de Ghienne ont fait les séremens contenus en ladicte ordenance, mondit seigneur de Ghienne, à la requeste de monseigneur et de ma Dame de Charrolois, de monseigneur de Brabant, de madame de Hainnau et des Trois Estas dudit pays de Flandres, a modéré ledit nombre de V^c personnes réservés et les a ramenés au nombre de II^c ; et aincores a-il comme ferme et seure espérance que se mondit seigneur de Bourgoingne faisoit les sérements contenus en ladicte ordenance et se *gouvernoit envers le Roy et lui comme il appartenoit,* que il lui donroit et quitteroit les aultres II^c et que par ce il quitteroit toulz lesdits V^c réservés de ladicte abolicion et aincores a mondit seigneur de Ghienne ceste volenté en faisant par mondit seigneur de Bourgoingne son devoir sur ce que dict est.

Item, et aveuc ce lesdits ambaxadeurs ont requis que les bannis qui sont réservés et exceptés de ladicte abolicion soient comprins en ycelle et que elle soit générale, exceptés aucuns dusques au nombre de sept.

A quoy mondit seigneur de Ghienne a fait respondre et respond que ladicte excepcion a esté de par luy faicte notablement par grand et meure délibéracion de conseil et non sanz cause et meismement au regard de ceulx qui ont offensé contre les personnes et l'onneur du Roy, de la Royne et de mondit seigneur de Ghienne, ausquelz il ne voldroit ne ne doit faire grâce, ne pardon et aincores moins abolicion. Et n'est pas l'intencion de mondit seigneur de Ghienne de comprendre généralment toutz lesdits bannis en ladicte abolicion ; mais se mondit seigneur de Bourgoingne faict ledict sèrement et son devoir en gardant ladicte pays et il a affection singulière à aucuns desdits bannis et il faict requeste pour aucun d'iceulx en particulier, mondit seigneur de Ghienne ferra tant sur ce que mondit seigneur de Bourgoingne en deverra estre content par raison.

Item, et auxi lesdits ambaxadeurs ont requis que la clause contenue en ladicte ordenance faisant mencion des eslongiés des hostelz du Roy, de la Royne et de monseigneur de Ghienne, de la bonne ville de Paris et des aultres villes de ce royalme soit ostée de ladicte ordenance et que par ce lesdits eslongiés puissent aler et retourner chascun en son liu et habitacion.

A quoy mondit seigneur de Ghienne a faict respondre et respond que pour aucunes considéracions raisonnables, la clause faisant mencion desdits eslongiés a esté mise en ladicte ordenance, et toutesvoyes mondit seigneur de Ghienne s'est rendu et démonstré libéral quant à ce, et, à plusieurs desdits eslongiés qui ont faict devers luy requeste, a donné et ottroyé lettres de retourner et ne le a ghaires reffusé à personne qui l'ait requis ; et aincores est son intencion de procéder libéralment au regard des particuliers qui le requerront, selonc l'exigence du cas et la qualité des personnes, et en ce ferra tant que monseigneur de Bourgoingne en deverra estre content par raison.

Item, et oultre ce lesdits ambaxadeurs ont requis avoir lettres de la repparacion de l'onneur de mondit seigneur de Bourgongne en deuc fourme et convenable.

A quoy mondit seigneur de Ghienne a fait respondre et respond que

pour faire lesdictes lettres en fourme deue en gardant l'onneur du Roy
et de mondit seigneur de Ghienne et de mondit seigneur de Bourgongne, ont esté ordenés plusieurs vaillans et notables hommes par le
Roy et mondit seigneur de Ghienne et des conseillers de mondit seigneur
de Bourgongne, de monseigneur de Brabant, de ma Dame de Hainnau
et des Trois Estas dudit pays de Flandres, par lesquelz ensemble, après
que la minute desdictes lettres a esté faicte et advisée, ont conféré
sur ce par plusieurs journées et finablement ont accordé lesdictes lettres en la fourme que elles ont esté bailliés aux gens de mondit seigneur de Bourgoingne. Et est vray que lesdictes lettres ont esté acordées et recewes amiablement par mondit seigneur de Brabant, les
conseillers de mondit seigneur de Bourgongne, les conseilliers de
madicte dame de Haynnau et les depputés des Trois Estas dudit pays
de Flandres dusques au nombre de XXII sages et notables personnes,
procureurs souffissamment fondés de mondit seigneur de Bourgongne.
Et n'est pas l'intencion de mondit seigneur de Ghienne de faire aucune mutacion ou correction esdictes lettres.

Item, mondit seigneur de Ghienne a dict et chargié expressement
ausdits ambassadeurs qu'ilz dient de par luy à mondit seigneur de
Bourgongne que il face départir de sa compaingnye, de ses terres et
pays les bannis que y sont, et meismement ceulx qui ont offensé le
Roy, la royne et mondit seigneur de Ghienne, et que il face widier les
gens d'armes que il tient sur le pays du Roy ; et aveuc ce, que mondit
seigneur de Bourgongne délivre à plain et luy renvoye sanz délay ung
sien sergant d'armes nommé Robin Folie, maistre Henry de Bethisy et
aultres des gens du Roy et de mondit seigneur, lesquelz il tient ou fait
tenir prison, et que se mondit seigneur de Bourgongne ne le faict
ainsz, mondit seigneur de Ghienne y prendra très-grand desplaisir et
y pourverra comme il appartendra, en gardant l'onneur du Roy et le
sien.

Item, et aveuc ce mondit seigneur de Ghienne a dict et chargié expressément ausdits ambaxadeurs que ilz dient à monseigneur de Bourgongne de par luy que il ne face, ne procure estre faict grief, moleste,
dommage, ne empeschement en aucune manière à monseigneur le
duc de Bar ne aux siens, ne à ses terres et subgés pour cause de ce
que il a fait délivrer les ambaxadeurs du Roy et de mondit seigneur
de Ghienne qui avoient esté prins en venant du Sainct Concile, ne aussy
à cause de la prinse et démolicion du chastel de Sancy que on dist
appartenir à Henry de la Cour qui a esté principal de la prinse desdits

ambaxadeurs, ne pour occasion de la prinse d'aucuns des compaingnons dudit Henry consentans audit maléfice, ne pour aultre cause ou occasion, car se il le faisoit mondit seigneur de Ghienne y prendrat très-grand desplaisir, et y pourverroit en gardant l'onneur du Roy et le sien comme dessus.

Item, mondit seigneur de Ghienne a ossy dict et chargié expressement ausdits ambaxadeurs que ilz dient à mondit seigneur de Bourgongne que réalment et de faict et sanz délay, il face lever sa main et mettre au delivre toutes les terres rentes et revenues de mondit seigneur de Bar, du conte de Marle, du conte de Tonnerre et de ses frères, du seigneur de Gaucourt, du seigneur de Roussay et aultres quelconques que il a empeschiés, ainsy que par la teneur des lettres de ladicte paix faire le doit.

Toutes lesquelles chozes en la manière que elles sont devant escriptes mondit seigneur de Ghienne a dict, chargié et commandé de bouche très-expressément ausdicts ambaxadeurs dire et exposer à mondit seigneur de Bourgongne de par le Roy et de par luy, et à fin que il congnoisse que elles viennent et procèdent de sa volenté et bon plaisir, mondit seigneur de Ghienne a signé ce présent rolle de sa main et en ycelluy faict mettre son séel de secré.

Donné à Paris, au chastel du Louvre, le XXIXe jour de juing, l'an de grâce mil IIII^c et quinze.

(*Signé*) : LOŸS.

(Archives du Nord. Chambre des comptes de Lille. Art. B, 311 [tome Ier refondu]. N° 15302 du trésor des chartes : deux copies du temps sur papier.)

(*Au dos*) : **Projet des lettres du roi Charles VIe par lesquelles il reconnaît Jean, duc de Bourgogne, pour son bon parent, vassal et sujet.**

CHARLES, etc. A tous, etc. Comme par certaines noz autres lettres patentes séellées de nostre grant séel, envoyées et publiées en plusieurs et diverses parties, tant de nostre royaulme comme dehors icellui, et pour les causes contenues en icelles lettres, Nous, puis aucun temps ença ayons tenu et réputé nostre très-chier et très-amé cousin Jehan, duc de Bourgoingne, Conte de Flandres, d'Artois et de Bourgoingne, pour rebelle et désobéissant à nous et nostre ennemi et adversaire ; et il soit ainsi que nous estans nagaires en ost à grant assemblée de gens d'armes et de trait devant la ville d'Arras, soient illecques venuz devers nous de par nostre dit cousin de Bourgoingne, en très-grant révérence et humilité, noz très-chiers et très-amez cousin et cousine le Duc de Brabant et la Comtesse de Haynnau et noz bien amez les députez de par les trois Estaz du pays de Flandres, ayans procuracion et puissance de nostre dit cousin de Bourgoingne, lesquelx pour icellui nostre cousin de Bourgoingne nous exposèrent ses excusacions et aussi les grande et entière voulenté et affection qu'il avoit envers nous, et nous firent telle obéissance que en feusmes contens et deslors eussions icellui nostre cousin receu en nostre amour et bonne grâce, et avec ce ayons ordonné paix entre tous noz subgés. Savoir faisons, que icellui nostre cousin de Bourgoingne nous tenons et réputons et voulons estre tenu et réputé doresenavant par tout pour nostre bon et loyal parent, vassal, subjet et bienvueillant de nous, non obstant nosdictes autres lettres, lesquelles doresenavant nous ne voulons estre d'aucun effect, ne préjudicier à ces présentes. Et deffendons à tous noz subgés quelcunques par ces présentes, sur paine d'encourir nostre indignacion, que, pour occasion de nosdictes lettres, ne autrement, ilz ne dient ou facent aucune chose à la charge, blasme ou deshonneur de nostre dit cousin de Bourgoingne en quelque manière que ce soit. Si donnons en mandement à noz amez et féaulx conseilliers les gens tenans et qui tendront nostre parlement, au prévost de Paris et à tous noz séneschaulx, bailliz, prévostz et autres noz justiciers et officiers quelxconques et leurs lieutenans et à chascun d'eulx si comme à lui appartendra que contre ce que dit est ilz ne facent ou seuffrent aucune chose estre faicte, en punissant, chascun en droit soy, les transgresseurs de telle punicion selon le meffait que ce soit exemple à tous autres d'eulx en garder ; et, en oultre, facent publier ces présentes partout où il appartendra, au vidimus desquelles fait soubz séel roïal ou autentique nous voulons foy estre adjoustée comme à ce présent original. En tesmoing, etc. Donné, etc.....

(Archives du Nord. Chambre des comptes de Lille. Art. B, 311 [tome Ier refondu]. N° 15302 du trésor des chartes ; copie sur papier non datée, écriture du temps.)

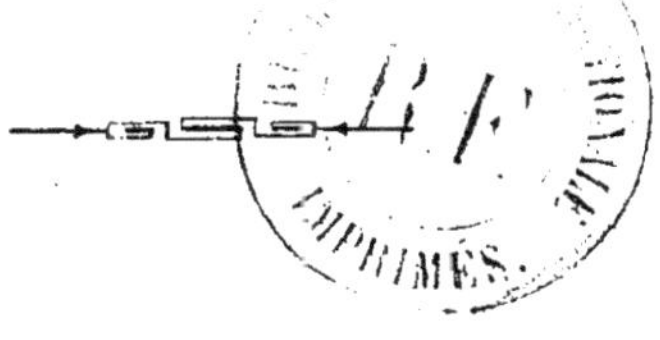

9 782016 130636